I0749321

Sexo, drogas y rock and roll en los Andes, este relato de viaje de tres jóvenes estadounidenses en la ruta captura el espíritu de los años 70 y describe un mundo al borde del cambio. Comenzando en California, estos inocentes se toparon con un camino de drogas, prostitución, contrabando y rock en su ida a Buenos Aires y su retorno a través de una odisea de seis meses y 20.000 kilómetros por tierra comparable a "Diarios de motocicleta" y "En el camino". Relatado a través de fotos de viaje y de historias, estos dos libros en uno describen el gran abismo cultural entre los Estados Unidos y América Latina en tiempos en que la población nativa se encuentra excluida de la sociedad moderna, y generales despiadados asesinan a los jóvenes que se les oponen. Aparentemente ajenos a los peligros que constantemente los acechan, tres hippies logran encontrar un período de libertad pura en América del Sur.

Jeffrey Marcus Oshins

HIPPIES EN LOS ANDES

Copyright © 2020 por Jeffrey Marcus Oshins.
Deep Six Publishers
Johnson & Associates
PO Box 4072
Santa Barbara, CA 93140
805-683-1200
www.deepsixpub.com

Todos los derechos reservados. Ninguna parte de este libro puede ser reproducida o transmutada de ninguna forma o por cualquier medio, electrónico o mecánico, incluyendo fotocopiado, audio o cualquier sistema de almacenamiento y recuperación de información, excepto en el caso de citas breves incorporadas en artículos críticos y reseñas, sin el previo permiso del editor. Hippies en los Andes no es una obra de ficción y representa la opinión del autor. Sobre aquellos que son mencionados en la obra, el autor lo hizo bajo su propia percepción de los mismos. Sus nombres y semejanzas se utilizan sin su permiso o aprobación. Libertad Pura Libertad es una obra de ficción. Algunos de los personajes fueron inspiración de personas reales descriptas en Hippies en Los Andes. La mayoría de los nombres, personajes, negocios, lugares, eventos, e incidentes son producto de la imaginación del autor o utilizados de manera ficticia. Cualquier semejanza con personas reales, vivas o fallecidas, o eventos debe ser desconsiderada después de leer Hippies en Los Andes.
Impreso en los Estados Unidos de América.

ISBN: 979-8-9877887-1-4 (hb)
ISBN: 978-1-7350612-4-5 (ppb)
ISBN: 979-8-9877887-0-7 (ebook)

Número de Control en la Biblioteca del Congreso: 2013944343
Datos de catalogación en publicación del editor
Oshins, Jeffrey Marcus, 1950-
Hippies en los Andes/Libertad Pura Libertad/ Jeffrey Marcus Oshins - Santa Barbara, Calif.: Deep Six Publishers c. 2020 ; cm.

Resumen: Hippies en Los Andes es una historia de viaje en carretera donde Jeffrey Marcus Oshins y Jeremy Gold comienzan en California en 1974 para viajar por tierra y visitar Filipe Jolly-Luque en Buenos Aires. Luego de hacer una parada en Quito para recoger a Jonathan Klontz, los tres atraviesan largos viajes en autobús, tocan canciones de rock and roll para los indios, son encarcelados en Chile después de hacer senderismo con contrabandistas a través de los caminos nevados de los Andes altos. Libertad Pura Libertad una versión ficticia de la misma historia con algunos de los mismos personajes, nos hace imaginar una especie de controvertido Cuerpo de Paz que se encarga de llevar a un pobre indio agricultor a los Estados Unidos.

Jeffrey Marcus Oshins (autor)--No ficción. 2. Viaje -- No ficción. 3. Aventura -- No ficción. 4. Hippies
-- No ficción. 5. América Latina.-- No ficción. 6. 1974 -- No ficción. 7. Cultura latinoamericana -- No ficción. 8. Santa Bárbara. California-- No-Ficción. 8. Marihuana - No-Ficción. 9. Rock and Roll -- No ficción. 10..Gobierno de EE. UU..

-- Ficción. 10. Ayuda Internacional -- Ficción. 11. Cuerpo de Paz -- Ficción.

Portada: Ernesto Jolly

Elogios para la serie de 12 novelas de Jeffrey Marcus Oshins

12: Una novela sobre el fin del Calendario Maya y el fin de Nuestros Días

Nunca un momento aburrido. Esta fue una historia difícil de procesar, pero emocionante, escrita por un autor talentoso.

5 estrellas de Amazon review-Shell Forest Melody

La novela 12 está llena de magia, visiones fantásticas, palabras inventadas, escenas de persecución a través de lagos de montaña en las Sierras y campus escolares...e incluso música: un CD de la banda de Oshins, Apokaful, el cual también es el nombre de una banda que toca en un club nocturno mencionada en la novela... (Apokaful es un adjetivo que describe a alguien que está preocupado con pensamientos sobre fin del mundo.)

–Santa Barbara Independent

Si usted está buscando la típica historia estándar sobre un oscuro, abrumador, y catastrófico calendario del fin del mundo--busque en otro lugar, esta historia no lo es.

4 estrellas Amazon review–Mallory Anne-Marie Haws

12 es un libro escrito de una manera hermosa, notablemente original.

–David B. Stockwell –Autor de Tanks in the Wire

Gracias a Oro, J.K., y Jolly por algunos de los mejores momentos que he tenido. Y a todos los BetaReaders (www.BetaReader.us) por editar en un modo que respetó la voz.

Traducción del inglés al español: Felipe Jolly Luque, Blas Rodrigo Donoso, Mariel Sendyk, Alejandro Heredia, Delfina Uriburu

Prólogo

La idea original es visitar a Felipe Jolly Luque en Buenos Aires. La ingenuidad ciega y protección mágica de los estadounidenses blancos se fueron al bajar del avión en Quito fuera de alcance, seis meses, 20.100 kilómetros por tierra a través de culturas libres del plástico en vísperas de la globalización.

Los estudiantes universitarios chilenos se esconden de sus generales en hoteles baratos. Contrabandistas me abandonan en los altos Andes argentinos. De noche, con la muerte del invierno, solo a través de pasos nevados, encuentro mi camino hacia Chile para luego ser arrestado por entrar ilegalmente y por posesión de marihuana.

"Libertad Pura Libertad" es una versión ficticia del viaje y un homenaje a mi padre, quien muere semanas después de que termina. Me imagino un controvertido Cuerpo de Paz - que él sin duda podría haber originado – a través del cual un campesino peruano es enviado a los Estados Unidos.

Escrito a mano, una cápsula del tiempo, utilizo un toque delicado para identificar.

Conozcan a mi yo más joven, la inocencia y la esperanza, música y amigos, la fe en los compañeros de viaje.

Santa Barbara, 2023

El autor partiendo en abril de 1974 a viajar a través de los Andes.

CAPÍTULO 1
LA PARTIDA

Viernes, 5 de abril de 1974, en mi cumpleaños número 24 daba inicio mi viaje a Sudamérica. John Wynn, (mi compañero de cuarto en el primer año en Menlo College) me estaba visitando en ese entonces. Desperté a las 04:00 a.m., terminé de armar la valija y partí al amanecer. Pasé a buscar a Jerry (Jerry Gold, mi compañero de viaje) y nos dirigimos desde Santa Bárbara a Long Beach en el Pinto. Fue difícil decirle adiós a mi padre agonizante. Estaba completamente seguro de que esa sería la última vez que lo vería. Me alegré de estar equivocado cuando regresé seis meses más tarde.

Condujimos hacia Long Beach con una actitud festiva. John W. estaba feliz de rendir culto al Gurú Maharaj Ji. Mientras él estuviera contento, yo no tendría problema. El propósito de dirigirnos a Long Beach era doble: (1) Íbamos a ser vacunados gratuitamente contra la fiebre amarilla en el Servicio de Salud Pública cerca del muelle y (2) aprender sobre el negocio de los neumáticos de modo que Jerry y yo pudiéramos venderlos en Sudamérica para la Davies International Import-Export. Davies era el hombre que me compró el Rover y cuando él se enteró de mi viaje me contrató para generarle negocios en Sudamérica. Nuestra estadía en la planta de neumáticos fue realmente muy graciosa.

Por un momento estábamos viajando libremente y de repente nos encontrábamos aprendiendo las idas y vueltas del negocio de los neumáticos. Fue en Long Beach donde nos ocupamos de algunos temas de salud. Luego fue en el Aeropuerto de Los Ángeles donde tomé un vuelo a San Francisco para visitar a Nana y Geep, mis abuelos. Jerry, mi posible compañero de viaje, casi se arrepiente en el aeropuerto. Él y yo no nos conocíamos. Era amigo de mi hermano Steve (Stephen Oshins, mi "gemelo irlandés" 13 meses más joven que yo). Recorriendo Los Ángeles todo el día con Jerry hurgando sus dientes (¡Dios! se veía gracioso con su boca hinchada y su pelo tan corto como el hermano feo de Dustin Hoffman) más la confusión de cuándo y cómo nos íbamos a encontrar, sumado a que, yo creo, John y yo lo estábamos volviendo loco pasándola tan bien que lo llevó al punto de decir que esperaría hasta el verano y que viajaría con otra persona. Nunca lo tomé en serio porque yo sabía cuán preparado estaba para el viaje. También estaba la posibilidad de volar a Quito porque Jon Klontz (un gran amigo de la American International School of Vienna) estaba estudiando allí y Gary (Sangenitto) y Marsea (Kieser) – amigos y compañeros de casa en la universidad- me encontrarían allí. Como Jerry no conocía a estas personas, no estaba seguro de comenzar el viaje en Ecuador. Finalmente decidimos encontrarnos el jueves siguiente en el Aeropuerto Internacional de Miami. Yo iba a volar a Florida para una corta visita a Roger Stanley, mi "mejor" amigo de la infancia en Virginia y encontrarme con Jerry en Miami para volar a Quito.

Jerry llevó el auto de regreso a South Beach, lo cual debe haber sido divertido porque se fue esa mañana con todas sus cosas para no volver por muchos meses.

Hola, estoy de regreso, 10 horas después.

Mientras Joey (Averback) recogía a John en el aeropuerto, yo trataba de subir a un avión a San Francisco a pesar de una huelga. Finalmente lo hice. Llegué a N&G esa noche tarde, muy ansioso y entusiasmado por la expectativa de lo que estaba por venir.

El domingo, Steve vino a N&G para cenar o más bien para acompañarnos a cenar en el club (Península Country Club, San Mateo). Todos estábamos de buen ánimo y disfrutamos de una buena cena y una excelente atención como sólo el club suele otorgar. Geep me dio algo del dinero que Steve me debía mientras yo leía algunos libros sobre Sudamérica y pensaba en los arreglos que haría con Delta Airlines. Vuelo nocturno a Atlanta, con conexión en Gainesville para ver a Roger, luego Miami-Quito-Miami.

Después de la cena, Steve y yo tomamos el ómnibus a Berkeley en donde me preparó una mochila con una variedad de cosas para acampar.

Yo había comprado zapatos nuevos, Pavetta 5, y con Jerry ya habíamos conseguido una carpa. Pasé un buen rato con Steve. Ambos nos llevábamos mejor cuando íbamos a algún lugar y hacíamos algo. Era sólo al atascarnos en algún lugar cuando se hacía difícil llevarse bien con él.

Tomé el micro de regreso al aeropuerto en donde tuve dificultad para abordar el avión.

Llegué a Atlanta temprano el lunes por la mañana. Hice conexión con el vuelo del este hacia Gainesville. En el avión tomé una revista sobre casas elegantes en diferentes lugares del país. Me sorprendí al descubrir que muchas estaban en o alrededor de South Beach, un lugar que me gusta mucho, no solo para vivir, sino también para volver.

Llegué a Gainesville, hice dedo a los vehículos para llegar al departamento de Roger, pero él no estaba. Esperé afuera hasta que una chica muy atractiva a la que había visto andando en bicicleta hace un momento, entró y subió al departamento. Pregunté por Rog, me enteré que se había ido a su casa pero estaba por volver en cualquier momento. Llegó cuando me estaba duchando y luego tuvimos un gran encuentro después de cinco años. Había sido mi amigo por tanto tiempo que fue fácil retomar esa amistad.

Tuvimos una borrachera de cuatro días.

Gainesville es una ciudad universitaria y Rog es conocido en todos los bares. Es un músico muy talentoso pero perdió todo su equipo en una mala negociación. Mientras yo estaba allí él tocaba en una nueva banda, sin embargo, actualmente está en una situación difícil y ya no practica. Me gustaría formar una banda con él. Pero eso sólo sucederá si puedo vender algunas canciones que he escrito. Antes de irme, Martin (Sensiper) y yo habíamos hablado de ir al Club Med e incluso había escrito y llamado a Francia, pero nunca resultó. Roger estaba considerado en el trato. Habría sido agradable tocar juntos en alguna isla en algún lugar. Quizás en otra ocasión. "Ahora quiero ir a Sudamérica", pensé.

Jueves 11 de abril. Roger, su novia y yo fuimos a ver a sus padres. Fue agradable verlos de nuevo. Esta vez como amigos y no en su rol de padres que siempre nos dicen qué hacer. Barbara, la hermana menor de Roger, estaba embarazada y su marido, un exconvicto, conductor de autos de carreras frustrado, nos llevó a alta velocidad al aeropuerto de Tampa para tomar un vuelo a Miami donde se supone que Jerry estaría esperándome.

Nos encontramos sin dificultad, compramos los boletos e hicimos llamadas de último momento.

A las 3:30 AM del día 12, despegó el avión de la aerolínea Ecuatoriana hacia Quito.

Dormí una o dos horas y desperté cuando volábamos sobre Panamá. Vi el canal desde la ventana y aterrizamos en la Ciudad de Panamá por media hora; luego volamos hacia una parada en Cali y luego a Quito. Bajamos del avión y ahí estábamos, con indios y todo.

Y aunque lo intentamos, no pudimos encontrar ningún rastro del centro Andino o Jon Klontz.

La gente en el mostrador de información nos recomendó un hotel. Tomamos un taxi, dejamos mi abrigo, volvimos, perdimos mi abrigo. Primera lección: cuida tus cosas. Si le quitas el ojo, sin duda alguna desaparecerán. Nos llevaron a un pequeño hotel o más bien, un lugar agradable al que nos iríamos acostumbrando en Sudamérica. Para darse una ducha tibia había que encender un calentador eléctrico conectado a la salida de agua de la ducha. Estaba seguro de que me iba a electrocutar. Pero al observar que la inmersión de agua era la más baja que había visto, me quedé mucho menos allí.

Nos mostraron la mazmorra con hongos en la pared, húmeda e infestada de insectos. Me bloqueé y sentí el shock cultural. Pedimos otra habitación, nos llevaron arriba y en el momento en que estaba pensando en cómo iba a conocer a alguien aquí abajo, un individuo que vestía una camiseta de Grateful Dead asomó su cabeza y fue ahí cuando conocimos a Wally y Suzanne.

Aunque conocimos a muchos otros en nuestro viaje, ninguno tuvo tan profunda influencia en nosotros. Nos sentíamos tímidos y temíamos todo lo que era nuevo a nuestro alrededor mientras que Wally, que era algo así como un experimentado, era todo lo contrario.

Él disfrutaba el sentirse superior al resto de la gente como nosotros y con los indios era realmente altivo. Pero ese tipo de confianza era contagiosa y tanto mi miedo como la inhibición pronto se disiparon o, al menos, fueron equilibrados por algunas de las bravuconadas de Wally.

Él conocía la dirección del Centro Andino y aceptó llevarnos esa tarde. La dueña del "Hilton" (el verdadero nombre) nos mostró una habitación, pero cuando Jerry estaba tratando de definir el cambio de lugar, subí las escaleras y encontré un buen patio con una gran vista hacia las hermosas colinas verdes, nieve y montañas cubiertas de nubes de Quito. Estaba entusiasmado con probar nuestra nueva carpa domo, así que hicimos un buen trato por 25 sucres con comidas incluidas y armamos nuestra carpa en el techo. Lo bautizamos el penthouse. Se convirtió en un buen lugar. Conseguimos algunas sillas, una mesa y tuvimos una buena fiesta.

El Hilton tenía una vieja guitarra que en un principio toqué con un poco de inseguridad, pero a Wally, Suzanne y Jerry les gustó tanto que comencé a tener más confianza. Desde entonces he comprendido que EE. UU. está tan inundado de excelentes artistas y música que una actuación en vivo de alguien de mi competencia es una burla y me sorprende que yo alguna vez haya tenido valor para presentar canciones propias.

Son el dinero y los grandes conciertos los que ponen a los músicos en una posición que es tan grandiosa y poderosa que los hace sentir super ególatras, pero ¿qué pasa en el medio? Cuando en Sudamérica, donde no hay conciertos (de rock) y poca radio (del tipo de Los 40 principales) a un aficionado que llevaba una guitarra, como hacía yo, de repente se le pide que toque una canción. Al principio tenía restos de mi antigua falta de confianza que traía de EE. UU. causada por la falta de apoyo, pero como en Sudamérica recibía una respuesta fantástica cada vez que tocaba, descubrí la alegría de hacer música para aquellos que realmente la disfrutan. También tuve momentos de rareza en los que mientras tocaba para un grupo de personas, comenzarían a hablar. Si estuviera tocando en un concierto supongo que comenzaría a tocar otra canción, pero en el contexto de un pequeño grupo sentía que tenía que bajar mis energías y conciencia a un estado conversacional de la mente aunque era difícil para mí saltar de un estado a otro.

El lunes fuimos al Centro Andino, sin encontrar a nadie en todo el fin de semana. El Centro Andino es una extensión de la Universidad de Nuevo México y se suponía que Jon Klontz estaría allí. Nos enteramos de que, aunque el resto de los estudiantes había regresado de sus vacaciones de primavera el lunes, Jon llegaría un día después. Se había ido a Bogotá. Así que dejamos una nota para él y fuimos a la oficial del correo a dejar un mensaje para Gary y Marsea. Encontré una carta para ellos que indicaba que aún no habían pasado de vuelta por Quito. Les dejé unas notas y me dispuse a ver la ciudad. Aunque ya había pasado dos días allí, estaba comenzando a sentirme cómodo.

Quito está a unos 3.000 metros de altura y se encuentra a 26 kilómetros de la línea del Ecuador, por este motivo el sol es muy intenso y la temperatura cálida. Al mediodía, mientras vagaba por las estrechas colinas empinadas de la ciudad, mi piel parecía brillar en el resplandor del sol. Hay una minoría de blancos en la población y como en los otros países con mayoría poblacional aborigen que íbamos a visitar, viven del estilo de comercio moderno, controlan los recursos y son las élites sociales. Después de ellos vienen los "mestizos", los indios con ancestros blancos, y finalmente la gran mayoría de la población, los diversos indios. Los indios son generalmente muy pobres y viven en el campo. La mayoría vive fuera de la economía e intercambian sus cultivos por otros bienes. El siguiente nivel económico en ascenso son los indios que venden mercancías (todo tipo de alimentos, utensilios y ropa) entre ellos y, con un disimulado aumento de precios, para los gringos (no importa si eres un hippie o un jet setter, simplemente eres un gringo para los habitantes de América Latina). El siguiente grupo fue a lo lejos, el más interesante para mí, los "Otavalos", quienes son llamados los judíos de Ecuador. Conservan su identidad cultural con el pelo largo trenzado, pantalones blancos hasta las pantorrillas y lo más distintivo, su poncho azul por un lado y a cuadros por el otro. Me dijeron que se los puede encontrar en todo el mundo luciendo el mismo aspecto y vendiendo sus hermosos productos. No me sorprendió verlos en Bogotá, pero después de haber sido una de mis primeras experiencias en América Latina, fue casi demasiado irónico que cuando esperando en una terminal de autobuses de Los Ángeles durante la última etapa de mi regreso a casa, vi a uno abordar un autobús hacia San Francisco. Este fue realmente un claro y simétrico vistazo de mi última experiencia sudamericana en el viaje seis meses después.

Al principio yo estaba paranoico con respecto a la comida, después de haber oído historias de incesantes problemas intestinales y viajes arruinados. Si bien más tarde terminaría enfermándome, al principio del viaje era demasiado cauteloso. Una noche después de la cena estábamos caminando a casa, y Wally por su propio mal comportamiento se metió en una ligera pelea con algunos hombres. Al tener una actitud agresiva, tuvimos que arrastrarlo hacia afuera antes de que lastime a alguien. Ese fue el único problema de este tipo que vivimos en todo el viaje. Obtienes las vibraciones que emanas, como una vez me dijo una conductora de ómnibus en Oakland.

A la mañana siguiente, mientras tomaba sol en el techo apareció Jon. Me alegré mucho de verlo ya que era un viejo amigo de Viena y de Washington, quien conocía Sudamérica más que nadie en el mundo. Todos festejamos con Jon mientras esperábamos a Gary y Marsea.

Y yo lentamente estaba entregándome al muy interesante, siempre cambiante, pero agradable estilo de vida de viajar en Sudamérica. Aunque todo y todos a nuestro alrededor eran parte de una experiencia nueva y única, el ritmo de vida era notablemente más lento y relajado que en EE. UU. y Europa. Particularmente la forma y el tipo de experiencia con la que me encontré. En Estados Unidos a menudo tengo una sobredosis, voy a fiestas o recitales, luego duermo y me levanto para ir a otra fiesta o para tener una jornada laboral estresante. Pero en Latinoamérica siempre hay cosas nuevas y fascinantes en las cuales involucrarse, porque de alguna manera son más reales, accesibles y tangibles en comparación con la vida divisionista, ilusoria y orgiástica de los EE. UU. Como cada pueblo de Latinoamérica, este tiene una plaza central donde la gente se congrega para caminar, conversar o salir de sus casas. Así que con sólo sentarse en un parque de manera disimulada la gente vendría y hablaría o simplemente caminaría cerca tuyo. A menudo tenía algunos de mis momentos más placenteros y experiencias esclarecedoras estando sentado pacíficamente en un banco. Por razones similares, mi mente parecía crecer con menos confusión y con la capacidad de pensar con más claridad. Al principio no hablaba tanto, principalmente porque no sabía español, y por toda la información superflua que estaba constantemente bombardeando mi cabeza a través de anuncios, clases y canciones que se introdujeron en mi inconsciente, me sentí capaz de escribir música, escucharme y entenderme mejor, y crecí hasta sentirme más cómodo conmigo mismo. Estoy seguro de que, si no hubiera tenido a Jerry y Jon o si no hubiera estado conociendo gente nueva todo el tiempo, me habría vuelto cada vez más introvertido. Sin embargo, la sociedad y mi ser se conformaron en un equilibrio cómodo para mí. Fue así como encontré una Sudamérica muy hermosa y culturalmente fascinante.

Esperamos a Gary y Marsea toda la semana, pero Jerry estaba queriendo seguir adelante con Wally y Suzanne. La Morsa, como llamábamos a Wally, se había ganado su apodo en Quito. Había venido a jugar al básquet para un equipo de Quito. Fuimos a una práctica y a un juego con él. Ese día, más temprano habíamos jugado frisbee en un parque y atrajimos a una multitud que gritaba alentando nuestras capturas del disco. Algunos intentaron lanzarlo, pero al no ser tan buenos hizo que nuestro juego se vea mucho más asombroso para ellos. Lo disfrutamos tanto que durante el medio tiempo fuimos a la cancha de básquet y comenzamos a jugar con el Frisbee. La multitud se volvió loca. Cuando Jerry hizo una atrapada del disco entre sus piernas, logró que todos lo ovacionaran de pie. El equipo de básquet salió de los vestuarios para ver qué estaba pasando. Para estar seguros de que éramos la atracción de la noche, traté de jugar un poco de básquet, pero debido a la altitud ya me sentía agotado después de cinco minutos.

Para el jueves, ya había decidido irme. Gary y Marsea no habían aparecido y Jerry estaba ansioso por ir con La Morsa y Suzanne hacia el Puerto de Guayaquil. Hice los arreglos para encontrarme con Jon en La Paz el 10 de junio, empaqué y llegué con el taxi el viernes por la mañana. El plan era ir a Riobamba para un festival ese fin de semana, y luego ir a Guayaquil. Justo cuando estaba a punto de subir al taxi decidí quedarme el fin de semana y tomar el tren de los martes a Guayaquil.

Esa tarde Jon y yo nos fuimos a Ibarra, al norte de Quito, donde Jon tuvo que entrevistar a algunas personas sobre un proyecto para un pequeño pueblo de negros al norte de la ciudad en el que él estaba trabajando. Ecuador es un país de montañas y selvas. Las tierras al norte de Quito son un parche de campos verdes y pastos surcados, donde los indios siembran a menudo con métodos primitivos a los lados de las montañas, en ángulos increíblemente pronunciados, y por lo general alejados de cualquier carretera o vecino. Es como si en primavera se hubiera colocado a Kansas en los lados de las Montañas Rocosas. De esta manera salimos hacia Ibarra y en dirección hacia el norte, era mi primer día en la ruta.

Los pueblos campestres son más del dominio de los nativos que de las capitales de Sudamérica, las cuales son el bastión de las élites. Al igual que en el resto del mundo, las capitales son la Oz de los pobres que abandonan su escasa existencia en el campo por la promesa de las ciudades. Es un acontecimiento que se ve a menudo en la historia. Roma también, estoy seguro, tenía y todavía los tiene si mal no recuerdo, sus barrios marginales, una ciudad de chozas para nacer y morir. Algunos consiguen trabajos como obreros de segunda mano o sirvientes, pero muchos, tal vez la mayoría, luchan por sobrevivir día a día sin esperanza de ayuda. No, las capitales de Latinoamérica son una anomalía en muchos sentidos. Las riquezas de las élites son totalmente exageradas, mientras que la pobreza en los barrios es tan desesperante como en el resto del país. Tal vez haya más esperanza en las ciudades, una escasa oportunidad de ascender. Tal vez eso es lo que atrae a la gente del país. Papá cree que es culpa del campo el que sea tan aburrido - al menos la ciudad tiene multitudes y luces. La pobreza de una ciudad Latinoamericana es diferente a una de los Estados Unidos. Puedes dormir en la calle, como muchos lo hacen, particularmente antes de un día de mercado, y pedir una comida o comprar un taco.

El sábado vi mi primer mercado en Ibarra. La mayoría de los habitantes de los países andinos y de Centroamérica viven fuera de la economía, tal como la conocemos. Crecen lo necesario como para comer, pero no para comerciar o intercambiar. Es por este motivo que el increíblemente bajo ingreso per cápita anual es de entre 250 y 500 dólares al año. En el mercado también se encuentran productos de fábrica como ollas, sartenes y plásticos. Un mercado indio es un torbellino de acción que comienza temprano en la mañana y continúa hasta la noche, aunque la mayoría de las compras se realizan por la mañana.

Algunos mercados, uno de los cuales es el de Ibarra, han hecho ropa de alta calidad que atrae a los turistas. La atracción de Ibarra eran los ponchos de Otavalo (una ciudad justo al final del camino) y las camisas bordadas, ambos de los cuales, lamento decir, no fueron comprados por J.O. Siguiendo nuestro camino nos detuvimos en un pueblo, Calderón, cuya especialidad eran pequeñas figuras de masa, una de las cuales compré para Suzanne. El domingo Jon y yo tomamos el micro a San Antonio de Ibarra, cuya especialidad era la madera. Compré un collar de madera por 25 centavos, el cual debió haber tomado horas de trabajo. Jon y yo hablamos de cuánto uno podría hacer si el los importara - a la vez sería bueno para los indios ya que tendrían un buen mini ejemplo de cómo los EE. UU. absorben gran parte de los productos del mundo. Aunque sé que Jon sería más considerado por los indios que una gran empresa, la verdad es que Estados Unidos controla la riqueza o contiene la riqueza de la mayor parte del mundo. No he descubierto si es que los indios están condenados a la pobreza para siempre o si tienen esperanza, pero hoy un hombre trabaja toda su vida sin recibir nada y tiene suerte si es que puede sobrevivir; mientras que yo no trabajo y me encuentro en una posición que me permite comprar sus productos. No estoy a favor de los cambios políticos radicales, porque como Chile y la historia lo demuestran, los cambios radicales causan mucho sufrimiento; sin embargo, espero ver en esta vida que a los pobres del mundo se les dieran mejores oportunidades de las que tienen hoy para poder crecer y cosechar una vida mejor con sus trabajos.

Oro haciendo dedo, muy improbable que consiga un viaje aún desnudo

CAPÍTULO 2
MILAGRO EN QUITO

Al regresar el lunes por la mañana me di cuenta de que el "milagro" había ocurrido: Gary y Marsea estaban en Quito. Y me alegré de verlos. Fue una suerte haber decidido quedarme porque ellos llegaron ese sábado. A veces pienso que soy insensible con respecto a dónde se encuentra la gente. Era evidente que Gary y Marsea estaban muy agotados al final de su viaje. Marsea lo dijo: "Tu viaje apenas comienza". No tenía sentido que viajemos juntos. Finalmente me di cuenta de esto y dejé de insistir en que extiendan su viaje. Tuvimos un buen día juntos, y por la mañana me levanté a las 4:00 para irme a Guayaquil en el tren.

Fue interesante ver a Gary y Marsea. También fue un poco shockeante. Marsea parecía una mendiga de la calle Haighty. Gary no se veía muy diferente (más delgado).

El viaje a Guayaquil se hizo atravesando la montaña en donde vi pueblos similares a las fotos que había visto de África, con chozas de hierba cubiertas con paja. Luego bajamos a la selva por una pendiente empinada en donde el tren (que es realmente un ómnibus en las pistas) tuvo que hacer retrocesos en algunos puntos - una pendiente muy pronunciada. A medida que pasábamos por pueblos pequeños y aldeas, me daba cuenta de que las calles pavimentadas y las modernas comodidades son sólo para las grandes ciudades. La vida en el país es difícil.

Guayaquil es un gran puerto, caluroso y húmedo. Tomé el barco a través de las aguas del delta del río. Es una ciudad muy comercial, y podría ser bastante interesante si no fuese tan húmeda. Me encontré con Jerry. La Morsa y Suzanne volaban esa noche a Panamá y decidimos vencer a la humedad, y lo hicimos hasta Cuenca. Tuvimos nuestra primera mala experiencia con las instrucciones que nos dieron; teníamos cuatro indicaciones sobre cómo llegar al micro, pero finalmente llegamos y tuvimos nuestro primer buen paseo a lo largo de un camino de montaña sinuoso a bordo de un "autobús funky" (un transporte construido para Hobbits, no para hombres).

Cuenca es una hermosa ciudad colonial antigua, con un arroyo que corre a través de ella. Pasamos una semana allí. Me robaron la billetera en el mercado, pero el karma fue demasiado fuerte. He tenido esa billetera desde la escuela secundaria y como el ladrón no supo qué hacer con ella, me la devolvió diciendo que se había caído de mi bolsillo. El hecho de que no tenía dinero también ayudó, creo. Una gran billetera imposible de perder, creo que pronto tendré que darla de baja.

Mientras tanto en Cuenca, como fue nuestro hábito durante todo el viaje, nos esforzamos por conocer algunas mujeres. Al bajar a través de estas viejas y anchas escaleras hacia el río, nos encontramos con varios grupos de chicas risueñas que respondían a nuestras sonrisas con paroxismos de más risas. Fue así como, entusiasmados, logramos entablar una conversación con una joven rubia de la universidad.

Jerry se esforzaba por practicar su español. Mientras que mi vocabulario en español se había incrementado cinco veces de dos a diez, me recosté y traté de parecer interesado. Entonces, cuando parecía que nunca iba a emitir una palabra, me acordé de que mi libro de frases de Berlitz tenía una sección sobre cómo charlar con un ave. Y fue así que, saliendo de un silencio de piedra y con el peor acento, la invité a ir al cine.

Esperé con gran expectativa una respuesta a la primera pregunta en español de mi vida, pero a cambio sólo obtuve una mirada en blanco de incomprensión. Así que le mostré el libro y se ruborizó hermosamente, explicando que nunca se le permitiría ir al cine con un hombre extraño.

Más tarde nos invitó a su casa, en donde conocimos a su familia. Jerry estaba un poco incómodo porque fue quien tuvo que hablar más, sin embargo, disfruté de la experiencia de ver un hogar. Las lecciones que aprendí fueron: 1) el padre es el rey 2) la mujer es, o bien una puta, o un ama de casa y aunque luego veríamos mujeres en puestos inferiores en bancos y compañías aéreas, sus funciones son mucho más limitadas que en los Estados Unidos.

Había seis niñas en esta familia y nuestras visitas fueron oportunidades para que la madre les diera lecciones sobre cómo tratar con invitaciones de caballeros o con pretendientes. Todo era muy gentil y me recordaba al Viejo Sur. Jerry y yo llegamos a la conclusión de que casi cualquier mujer, si tus credenciales estuviesen en orden, se casaría contigo y sería una esposa modelo, criaría a los niños y sería respetable, mientras que tú estarías jugando con tus amantes.

Tenían una sirvienta india llamada Blanca, quien tiene el único nombre que puedo recordar, y pensamos lo gracioso que sería si de repente le dijéramos a la madre que nos gustaría pedirle matrimonio a alguien en su hogar, y que se lo pidamos a Blanca. Probablemente ellos se reirían para sobrellevar la situación. Incluso el hecho de que le dijéramos hola y sonriéramos a Blanca causaría algo de revuelo.

El día en que íbamos a partir hacia Perú no me sentía bien, por lo que me quedé en la cama esa mañana. Me levanté para lavarme los dientes y dejé mi bolso en el baño. Naturalmente, cuando volví cinco minutos más tarde, ya no estaba. Me enojé mucho y casi lastimo a un idiota que estaba parado cerca mío porque pensé él que lo tenía. Llamaron la policía, y creo que podría haberlo recuperado si no hubiésemos tenido que alcanzar un micro.

Lo que siguió después fue un duro viaje. Por la mañana me sentía un poco mejor al llegar a Perú. Pero en la frontera nos hicieron comprar estos boletos fuera del país. Discutimos sobre eso durante unas horas hasta que finalmente accedieron, pero en ese momento ya era demasiado tarde para tomar el micro a Lima así que pasamos la noche en Tumbes, lamentablemente.

Fue allí donde escribí "Culture Shock Blues".

"Oro y yo hacia el sur cabalgamos
y entre todo lo que averiguamos
esto es lo que encontramos
El bebé está llorando
Los Pollos volando.
El viejo parece estar muriendo.
Sólo quiero irme a casa.
Porque los tengo, sí los tengo, los tengo
Blues nostálgico"

Estaba disgustado y ese fue sin duda el punto bajo del viaje. Por la mañana íbamos a tomar un ómnibus para hacer un viaje de 24 horas, lo que en ese momento me pareció imposiblemente largo.

Más tarde estaríamos haciendo viajes de cinco días o más. Afortunadamente, el micro era cómodo (un viejo galgo que todavía tenía a Harrisburg como su destino). Conseguimos buenos asientos adelante y nos estiramos.

Nos dirigimos a través de la costa de Perú por la ruta Panamericana, la única pavimentada del país. La costa es un desierto, excepto por un oasis aquí y allá- totalmente estéril. Dado que había poco escenario para ver, nos divertimos tocando la armónica y el kazoo, convirtiéndonos ambos en grandes deleitantes para el público en Ecuador.

Jerry y yo hablamos de lo que haríamos con nuestras vidas. Nosotros en realidad sufrimos de tener demasiadas opciones, muy diferente a las personas a nuestro alrededor, quienes por lo general hacen lo que hicieron sus padres, o hacen algo similar sin un rango de elección. Concluimos que al final probablemente haríamos lo que se nos presente en el momento. J.G. habló de tomar algo de dinero e iniciar un negocio de importación-exportación. Pero él nunca hará eso. Ni siquiera pudo lograrlo con la Davies Int. Aunque no puedo culparlo. Es ridículo para nosotros ir a hablar con un hombre de negocios latino después de haber vivido con una mochila durante tres meses. Todos (empresarios y élites) se visten a la moda para mostrar cuan americanos y poco indios son. Nosotros éramos justo lo contrario, usábamos ropa india, el resultado siendo un poco raro cuando tratábamos de hacer algunos negocios. Hicimos un contacto en Quito, pero más tarde nos enteramos de que estaban en quiebra. Solíamos bromear sobre cómo hacer algo de dinero, y en realidad nunca pasaba a ser algo más que una broma. Justo antes de irnos, a Jerry le habían salido sus muelas del juicio, y al estar hinchado le era doloroso reír. Fuimos a ver a Davies quien insistía acerca de lo mucho que podíamos ganar. Jerry estaba soportando con éxito su dolor, pero cuando Davies sacó una caja con unas 1000 tarjetas de presentación en las que mi nombre estaba impreso en dorado, él exhaló y en su lucha por no reírse comenzó a mirar a todo el mundo como si su cabeza fuera a explotar. Entonces, entre todo lo vivido al final del viaje, fue un poco absurdo.

Tuve una buena noche de sueño en el micro, o mucho mejor de lo que pensé que sería, y al despertar nos encontrábamos acercándonos rápidamente a las torres ascendentes de Lima. Cuando llegamos, un gato que habíamos encontrado en el ómnibus nos llevó a un lugar desde donde llamé a Manongo Mujica, un viejo amigo de Viena. Él viene de una antigua y respetada familia, y tuve que llamar a la oficina de la familia para averiguar dónde estaba. Estaba casado y su padre, que había sido el embajador peruano en Viena, había fallecido. Vi a Manongo y su hermana esa tarde, fuimos a una hermosa playa a beber una cerveza. Lima es un oasis rodeado de desierto y dunas. Aunque a menudo se pone brumoso, el clima fue agradable durante toda nuestra estancia.

Manongo todavía estaba en la música y había tocado con los Rolling Stones en Londres. Se fue cuando el guitarrista le destrozó la cabeza al bajista con su guitarra en el estudio. Aparentemente tenían el mismo mánager que los Stones, quien les proporcionaba el mejor equipo y hachís, pero no comida—pensó que la adversidad les haría bien como ocurrió en los comienzos de los Stones.

Pasamos una buena parte de tiempo en Miraflores, la parte elegante de la ciudad. En Lima, si eres un hippie, eres rico, nadie más podría permitirse tener el pelo largo y pasar tiempo en la parte rica de la ciudad. Después de una semana decidimos ir a Cuzco. Buscamos en un mapa y encontramos una ruta a través de las montañas vía Abancay, pero nos dijeron que algunos lugares de esa ruta estaban cerrados. Además, si bien la ruta a través de Arequipa era larga, era más cómoda. De cualquier manera, el viaje fue de 2 a 4 días dependiendo de averías, deslizamientos de tierra, etc. El indicativo de las condiciones de viaje era el traslado a Cuzco desde Lima. Había un jet turístico que costaba $50 de ida y te llevaba allí en una hora - o el modo en que la mayoría de nuestros amigos pasaban por un camino pavimentado a Arequipa en el sur, para luego tomar un tren a Puno, y por último en micro a Cuzco, lo que hacía que la ruta parezca un triángulo.

Bueno, nosotros tomamos un ómnibus que iba directo. Esa fue mi verdadera iniciación en las filas de los viajes complicados. Durante dos días y noches nos sentamos en este pequeño autobús indio que estaba abarrotado hasta el tope de indios y sus pertenencias.

La primera parte a lo largo de la costa a Ica estaba pavimentada, pero era de corta duración. Cambiamos de autobús y tomamos una ruta sin asfaltar en las montañas y en medio de la noche. Mientras esperábamos para cambiar de micro, fuimos a un café en donde toqué la guitarra y me sirvieron pisco, una bebida similar al tequila muy sabrosa.

¡Qué noche! De alguna manera pude dormir un poco. Al estar sentados justo sobre la rueda, cada golpe atravesaba mi delgado cuerpo. Al final del viaje estaba convencido de que mi viejo cuerpo había sufrido daños permanentes.

Al anochecer del segundo día nos vimos obligados a detenernos por un derrumbe. Ese había sido un día increíble, las aventuras y los paisajes parecían fluir entre sí y fusionarse. Aquí estábamos atascados en un arroyo de la selva, mientras que temprano esa mañana me había despertado al amanecer para más tarde encontrarnos cruzando una llanura alta que se extendía hasta los Andes nevados. Era el comienzo del invierno, y mientras caminaba desde el ómnibus a través de la tundra congelada, experimenté por primera vez el espeluznante eco de completo silencio característico del altiplano. Animales salvajes similares a la llama y a la vicuña pastaban en manadas a la distancia, y aunque estaban lejos, el aire fresco y enrarecido les daba una perspectiva única, y los ecos de las llanuras sin fin trajeron el sonido imaginario de una caracola apoyada en mis oídos emitiendo los sonidos de la civilización de la que ahora sólo quedaba el autobús.

Ese día subimos, atravesamos y bajamos a través de traicioneros caminos sinuosos de tierra hasta que finalmente nos topamos con ese derrumbe.

Todos los machos en el autobús salieron para comenzar a mover la tierra con palas. Jerry y yo pronto nos dimos cuenta de que la magnitud del deslizamiento de la tierra hacía ese trabajo imposible, por lo que subimos a la parte superior del derrumbe para observar la diversión. Un hombre terriblemente gordo se desplomó en el barro y miró todo el mundo como una ballena encallada en una playa. Eso hizo que se derribara una casa y al ver que se había juntado una gran multitud, no había nada más que nos mantuviera entretenidos.

El derrumbe había ocurrido justo enfrente de un puente. En un lado del puente había un autobús de la misma compañía que la nuestra yendo a Lima. Bueno, pusimos al máximo nuestro ingenio yanqui para sugerir algo diferente y que todos estuviésemos en nuestro camino. Al principio la idea parecía ser considerada, pero como la burocracia es la misma en todo el mundo, totalmente incapaz de aceptar la innovación, esa noche la mayoría durmió en el autobús. Jerry lo hizo. Yo por mi parte encontré una pequeña playa ubicada a lo largo del río furioso, lo que habría sido muy agradable y lo fue, en todo caso, más cómodo que el autobús debido a que podía estirar mis piernas; pero como mi equipo para dormir estaba escondido en la parte superior del autobús, tuve que descansar sin el beneficio de mi bolsa de dormir, pero estaba bien.

En la mañana ocurrió un problema en forma de pequeñas moscas amarillas que chupan tu sangre y dejan horribles mordeduras de picazón. Nos comieron vivos. Sin donde esconderse, Jerry envolvió su cara con un suéter, pero al hacer tanto calor era un poco incómodo. Tomé una sábana que tenía alrededor de mi guitarra y la mojé en el río antes de envolverme con ella. El repelente de insectos funcionó un poco.

Cuando finalmente nos fuimos, ayudados por una excavadora, todo el mundo estaba cubierto con mordeduras escarlatas. Había indios que viven allí, así que supongo que uno puede adaptarse, pero sería un infierno vivir entre esas bestias por mucho tiempo.

Bien tarde esa noche, la emoción que se había estado construyendo en el micro llegó a un crescendo cuando rodeamos el último pico y vimos de lejos las luces de Cuzco. Para muchas de las personas en el autobús este fue el final del viaje más largo de sus vidas, y para mí el final de uno de los más duros, por lo que mis sentimientos de alivio fluyeron con el ambiente general de felicidad en el autobús.

El viaje en autobús fue el más arduo que he tomado o que quisiera tomar de nuevo. Pero a pesar de la gran incomodidad, el paisaje que vi-las montañas, los animales, las tierras y las personas, eran tan magníficas y eran más que todo lo que había imaginado que podría existir- tropiezo en pensamientos coherentes que duermen en mis recuerdos y se levantan de nuevo en un agudo pico glaciar, saltando de las montañas y cayendo a las profundidades, al igual que el autobús bajando a través de caminos serpenteantes de tierra, siguiendo el furioso y profundo río. Hago una rápida exclamación y cuestiono la realidad que acabo de percibir.

Encontramos un lugar para quedarnos y sufrí durante la noche rascándome las mordeduras y anhelando algo de loción de calamina. Por la mañana salí a la brillante luz del sol de un amanecer Andino, obtuve mi loción de calamina y aproveché para dar un vistazo al lugar.

Nana y Geep, mis abuelos, me habían advertido sobre tener demasiada actividad en Cuzco el primer día debido a la altitud, pero al haber subido al autobús yo me sentía casi aclimatado o debo decir adaptado.

Cuzco es una mezcla extraña. Es el lugar en Sudamérica el cual creo que es la atracción turística más famosa. Todo tipo de turistas llegan allí, principalmente en jet, o a través de Arequipa. Cuzco son los restos de la capital Inca saqueada por los españoles. Más que Roma o Atenas vibrando todavía con su pasado alguna vez glorioso. De ninguna manera estaba preparado para la gloria del Saksaywaman, las ruinas o alrededor de Cuzco. Europa tiene tanta movida cultural que cuando visité el Partenón, ya lo había visto en tantas fotos que estaba preparado para la vista final. Pero las piedras de mamut y los senderos sinuosos de la civilización inca eran hasta ahora desconocidos para mí y, por lo tanto, increíblemente más impresionantes y dejaron más que un impacto inicial en mí.

Cuzco está habitada principalmente por turistas e indios. Vimos más gringos concentrados allí que en cualquier otro lugar. La gente de Cuzco hace muchas mochilas y ponchos de tejidos finos, y el mercado es un lugar fascinante para recorrer. Nos habían hablado de un restaurante vegetariano en Manongo. Mientras comíamos ahí nos contaron de otro restaurante vegetariano en el que iba a haber música esa noche. Una de las cosas que más extrañé durante el viaje era la música. Es una gran parte de mi vida en los Estados Unidos - tal vez tanto, que mis oídos están constantemente recibiendo todo, desde jingles publicitarios hasta conciertos de rock. Pero pasar de música incesante a casi nada, me permitió ir a tiendas de música sólo para escuchar discos. También me encanta tocar con otros músicos, y en ese sentido mi guitarra era una gran bendición, pero aun cuando

Gary había mencionado un lugar de aquel tipo, un club con amplificadores Marshall, yo todavía estaba sorprendido de haber encontrado el club "el Samana" completo, con alrededor de $10,000 en equipo: bajo, guitarras, amplificadores, batería, acústica y mano de obra. Bueno, al hacerme amigo de esta gente, terminamos quedándonos allí durante dos semanas durmiendo en el suelo. A Jerry no le gustaba, pero yo estaba con los músicos de Cuzco y disfrutaba tocar con ellos todos los días. Jerry sintió que la gente tenía una actitud más moderna que el resto de los turistas que venían y admitió que el lugar era una anomalía en el medio de Los Andes, lleno de europeos y peruanos de moda - todo un escenario, pero, sin embargo, agradable para mí. Yo solía despreciar el descanso y la lujosa relajación en el pueblo de hamburgerville Bergtesgarten en Alemania, pero ahora me doy cuenta de que el Samana fue una experiencia similar para mí. Aunque era un escenario en el que yo no me sentía cómodo, olía familiar y, a pesar de todo, había música. Para entonces todos en el lugar comenzaron a contraer hepatitis.

Me había estado sintiendo débil y me resfrié luego de haber probado algo de nieve. No sé por qué todo el mundo hace un gran negocio con la cocaína. Yo creo que es todo un tema. En su forma pura lastima la nariz y me hace sentir todo rápido y acelerado. La gente en los EE. UU. la consigue en una forma mucho más impura, procesada con sólo Dios sabe qué, y creo que les gusta más por el lujo o significado social que por lo que realmente les hace. En cierto modo, la nieve es como el alcohol, tienes que aprender a que te guste, encontrar un lugar especial en tu mente y cuerpo para tolerarla. No me gustó la primera vez que la probé y no vi razón para ir al gasto extremo (en EE. UU.), y tampoco me gustó el peligro de obtener cocaína y faltar el respeto a mi cuerpo. Una vez sucumbí a los cigarrillos, y creo que, si hubiese escuchado a mi cuerpo la primera vez, nunca los habría tocado. Si escuchas a tu cuerpo, te dirá lo que necesita.

Bueno, cuando el ambiente en el Samana se estaba poniendo un poco denso con todos enfermándose, Jerry quería irse. Una noche me sentí enfermo con temblores y fiebre alta. Probablemente fue causado por un virus, en ese momento tenía miedo de la hepatitis, el flagelo de esa zona y todos los países pobres.

A la mañana siguiente me sentí mejor y nos trasladamos a otro hotel. Me dieron una inyección de gammaglobulina. Y si bien hay una creencia popular de que esta droga no ayuda, me ayudó a ponerme de nuevo en pie en pocos días e insistí a Jerry para que también se deje inyectar, ya que había una alta posibilidad de que haya tenido contacto con la hepatitis.

Aunque estaba enfermo, pude visitar Sacsayhuamán, las ruinas por encima de Cuzco. El desfile del mamut de piedra negra marchando en tierra de un imperio pasado, construido de materiales transportados cientos de millas a lo largo de montañas sin la ayuda de la rueda. Piedras gigantes cortadas y colocadas por los maestros albañiles de piedra en un arte ahora perdido. ¿Cómo lo hicieron? Ciertamente no con la tecnología que suponemos que tienen.

Tan pronto me recuperé lo suficiente decidimos salir hacia Machu Picchu, la maravilla del mundo.

En ese momento estaba a punto de quedarme sin dinero. Había escrito a papá para que me enviase dinero a La Paz, pero eso podía demorar una semana o más. Así que para economizar y por un "esnobismo inverso", estuvimos pensando, y debido a que sería más interesante, decidimos tomar el tren indio a Machu Picchu.

CAPÍTULO 3
MACHU PICCHU

Ahora, por un dólar puedes tomar este viaje mientras que el costo en el tren de lujo es de $10. No es tan cómodo, pero tienes un asiento asegurado y a la vez ningún indio se sentará cerca tuyo - muy separado y alejado de las realidades imaginadas por casi todos los turistas al ver a Sudamérica. En fin, el "esnobismo inverso." Sentí que nuestros esfuerzos y enfermedades a causa de vivir más cerca de la gente estaban saldando y generándonos un sentimiento de conciencia superior. Ciertamente este viaje en tren nos premió con otra insignia de mérito en nuestra búsqueda de conciencia. El tren partió a las 5:30 de la mañana, aunque habíamos sido advertidos de no llegar allí después de las 4:00 de la mañana, ya que de otra manera no conseguiríamos asientos. Entonces allí estábamos, a las 4:00 en punto, dirigiéndonos hacia el tren.

La estación está ubicada dentro del mercado de Cuzco y un sábado por la mañana en un gran mercado, el lugar estaba repleto. La estación estaba llena de indios que transportaban de todo, desde bolsas de harina hasta cabezas de cabras, a lo largo de la ruta del tren. Tomamos nuestro lugar en la fila para comprar boletos entre empujones y sacudidas, y debido a que éramos un poco más altos que estas personas altamente desnutridas, pudimos mantenernos en nuestro lugar.

La ventana se abrió alrededor de las 5:00 y conseguimos nuestros boletos. Ahora el lugar sí que estaba lleno. Nos acercamos tan cerca como pudimos a la puerta cerrada, la cual se abría en dirección al tren. Estábamos sosteniendo nuestros paquetes completos y a medida que crecía la multitud, tuvimos que usarlos a menudo como amortiguadores contra los cientos de personas que estaban alrededor. Fue peor que el metro de las 5:15 de la tarde hacia el Bronx.

Y bueno, cuando finalmente se abrieron esas puertas fue como nada en esta tierra, excepto tal vez el toro que corre en Pamplona. Con un gran salto, pisoteando, saltando, cargando, levantando, las multitudes subieron a través de las puertas y corrieron por la plataforma hacia la lluvia. En lugar de ser pisoteados, utilizamos nuestras valijas como garrotes y escudos. Al bajar por la rampa nos subimos a un vagón, y a cada lugar al que íbamos, un hombre o un niño estaría tratando de guardar un asiento para otros cinco. Finalmente, no lo tomamos en cuenta y sólo nos sentamos en señal de protesta mirando a la persona que trataba de detenernos. El truco es conseguir a una persona y asegurar una litera, luego viene la familia y el equipaje, por lo general un bushel de maíz o alguna mercancía de este tipo. Como resulta que esta persona no necesitaba nuestros asientos y todo estaba bien, fue afortunado que clamáramos y protestemos, ya que en diez minutos no había ningún asiento disponible en el tren.

El tren era como un mercado en movimiento, tal vez lo que Hemingway tenía en mente cuando escribió la frase "un banquete movible", aunque el tren y el campo estaban muy lejos de algo parisino. En cada parada las mujeres estarían vendiendo maíz, carne y platos preparados dentro o fuera del tren.

La familia enfrente de nosotros consistía en la abuela (la matriarca, la compradora principal y todo alrededor de la jefa), su joven y hermosa hija, el esposo de la hija y su hijo. Parecían una familia feliz al juzgar por la alegría de su hija menor. Obviamente lo habían hecho bien en Cuzco, porque estaban comprando panes para la casa, maíz, cabezas de cabra y un pollo vivo que seguía saliendo del saco. Toda esta actividad parecía extenderse y agitarse fuera de sus hermosas túnicas.

Yo había comenzado a ser capaz de distinguir a los indios más pobres, aunque no hay discriminación de clase que se pusiera a detectar. Ningún movimiento del nivel de pobreza era un logro marcado por la buena suerte, la salud, por el contrario, demasiados niños y el trabajo duro. La cantidad de niños que uno tiene allí puede hacer la diferencia. La cantidad óptima no es ni siquiera comparable con la creencia popular de los EE. UU; es decir, tan pocos como se pueda criar o mejor ninguno. De ahí el énfasis masivo en el control de natalidad. Tampoco lo es la concepción popular de los latinos que cuantos más niños sobrevivan, más ricos y seguros estarán los padres. Llegué a la conclusión de que fueron la creencia de que los niños implican cuidar la tercera edad, junto con la virilidad del factor machista las causas de la creencia antinatal, en lugar de la iglesia católica. Mientras que el factor principal en su desuso cuando está disponible es su gasto y la simple estupidez de la gente. Creo que, debido a generaciones de desnutrición, la mayoría de las personas que viven en países pobres, nunca desarrollan toda su capacidad intelectual. Esto los hace genuinamente bastante estúpidos e incapaces de criar a sus hijos de una forma saludable e inteligente, para que ellos tampoco puedan obtener todo su potencial. Es un círculo vicioso y el único factor, en mi opinión, que es el más responsable de la falta de capacidad de la gente para organizarse en mejores estructuras políticas y sociales. Pero los indios son un grupo energético encantador y en su mayor parte disfruté plenamente el paseo en ese mercado en movimiento. Hay una caminata de cuatro días que se puede hacer en Machu

Picchu desde el "kilómetro 88". Jerry y yo habíamos conseguido todos los mapas, y planeado hacer toda la caminata a lo largo del viejo sendero Inca, pero me sentía tan enfermo hasta el día en que nos fuimos, que pensamos que era mejor renunciar a un ejercicio tan extenuante. Marchamos por el viejo sendero hasta la cima de las ruinas. El tren te permite salir en el valle, y aunque la ciudad vieja está justo encima de ti, es imposible verla desde el desfiladero. Es por esta razón que la ciudad no fue descubierta por los españoles, y logró salvarse del saqueo y la destrucción, que fue el destino de Cuzco, Quito, y otras ciudades precolombinas de América Latina.

Machu Picchu es un milagro - una maravilla del mundo. Nada de lo que había leído o imaginado me preparó para estas ruinas, así que al entrar en ellas experimenté una profunda incredulidad, asombro absoluto, y realmente me encontré considerando tales posibilidades como una intervención extraterrestre. Que una civilización que ni siquiera poseía la tecnología de la rueda, haya formado y movido tales rocas monstruosas o que haya diseñado tales estructuras duraderas a mano por sí sola, parece totalmente imposible. A lo largo de nuestros días allí estuvimos meditando en temas como la antigravedad y donde las naves espaciales podrían haber aterrizado. Sea cual sea la fuente, estoy convencido de que la gente guardaba secretos. Al menos el secreto de la albañilería que fue ocultada de los españoles y aún no han sido redescubiertos por la ciencia moderna. Después de la subida, yo todavía estaba deshecho ya que estaba enfermo, y pasé la tarde sentado y disfrutando de las maravillas que me rodeaban - los altos picos y volcanes de las montañas de la selva andina, los ríos corrientes, las cascadas en la distancia y luego las ruinas de piedra a mi alrededor. Salimos de Machu Picchu y encontramos un peñasco en la ladera de la montaña desde donde pudimos observar el escenario. Mi imaginación vio puntos de acoplamiento de la nave espacial entre dos picos, una ciudad en el pico de la montaña de los antiguos reyes indios, un último escape de los estragos de los salvajes españoles que saquearon su tierra y arruinaron su cultura. Me imaginé el lento declive a medida que la población disminuía, y entonces una pestilencia final, la salida de los últimos sobrevivientes dejando la ciudad en ruina y la leyenda. Luego, un profesor punk de Yale siguiendo a un guía masticador de coca a través del río y sobre la planicie para ser el primer testigo moderno de la grandeza de Machu Picchu. Si el Olimpo alguna vez existió, tuvo a su gemelo en Perú.

Esa noche caminamos de nuevo hacia abajo, un viaje de cinco millas más o menos, y armamos la tienda en un campo cerca del río. Por la mañana volvimos a la cima a bordo de los autobuses turísticos y nos quedamos para subir a Huayna Picchu, el gran pico detrás de la ciudad. Desde abajo parece inaccesible, pero los Incas habían hecho terrazas de cultivo a un lado, como lo habían hecho alrededor de la ciudad. Al haber poca tierra plana para el cultivo dentro de la ciudad, la gente se asentó principalmente construyendo terrazas en los lados de la montaña, sin embargo, incluso éstos eran indetectables desde el valle más abajo. La ciudad tendría que haber sido autosuficiente, de modo que cada escaso espacio accesible se utilizó de esta manera.

Subir el Huayna Picchu era como subir una escalera gigante. Los incas habían tallado y desgastado escalones y barandas en la roca para que a veces te ayude a subir directamente. El esfuerzo fue más de lo que se pagó por la vista. En el pináculo nos sentamos entre las rocas a reflexionar sobre las fuerzas de la naturaleza que se elevaron y atravesaron semejantes montañas, y en la adaptabilidad del hombre que esculpió un nicho para sí mismo y dejó sus monumentos para que los viéramos desde abajo.

Esa tarde nos sorprendió descubrir que no había tren local de regreso a Cuzco y no teníamos los fondos para abordar el tren turístico. El tren a Puno salía temprano por la mañana desde Cuzco, así que teníamos una pequeña solución. Finalmente logramos conseguir lugares en un tren de estudiantes. Regresamos a Cuzco, cambiamos dinero en el hotel turístico, y tomamos el tren a Puno.

Este fue sin duda el viaje en tren más hermoso e interesante que alguna vez hice. El tren subió lentamente a través de las llanuras altas, alcanzando alturas de 4.200 metros y más a través de la tundra congelada, manadas de llamas, pueblos pequeños, lagos y arroyos. A los lados de los picos, las crestas de nieve se elevaban a alturas de 4.500, 4.800, 5.000 metros, tal vez aún más. En cualquier momento a lo largo del vasto territorio deshabitado, uno puede detenerse y subir a pie o a caballo en la distancia, y acampar en un territorio que rara o alguna vez haya sido visitado. Se podría encontrar un arroyo y seguirlo hacia un lago glaciar en donde los peces sin duda abundan. Sería duro ir, muy frío por la noche, pero adecuadamente preparado, no sería peor que las sierras altas, pero sin basura en el camino. Uno lo experimentaría como John Muir debió haberlo hecho, teniendo los ojos primero en Yosemite. Encantadores, premonitorios, salvajes e intocables espacios vírgenes e interminables que se extienden de horizonte a horizonte. Entonces, llegamos al lago más fenomenal del mundo.

A miles de metros en el aire se encuentra un mar de agua dulce, arado por grandes barcos y botes de caña, el Lago Titicaca. Un vasto mundo de agua dulce, rodeado de tierras secas, en donde los pobres agricultores son ignorantes de los fundamentos más básicos de la agricultura: el riego. Fue triste considerar su difícil situación en un ambiente hostil. Son estas personas a las que la forma más simple de ayuda y educación beneficiaría más dramáticamente.

No nos gustó tanto Puno, pero nos vimos obligados a quedarnos allí por tener que comprar esos billetes falsos a Bolivia al entrar al país.

Lo más interesante de Puno es un viaje en barco a las islas flotantes de los Uros, personas que viven en islas hechas de cañas. Hasta hace poco, habían pasado generaciones desde la última que desembarcó. Los Uros creen que el lago es su madre y el sol su padre. Se transportan en pequeños botes de caña y viven de los peces que capturan, y ocasionalmente un pato o gaviota. Para llegar a sus islas, hay que alquilar un barco en el muelle por unos 10 dólares para todo el viaje.

Habíamos conocido a otras personas; a Jeff en la cima de Huayna Picchu y a Shel, un trabajador de los Cuerpos de Paz. Así que salimos temprano en la mañana y esperábamos a que parecieran los demás. Por un momento parecía que Jeff iba a pagar 150 soles, y Jerry y yo 100, pero pronto otros comenzaron a aparecer, incluyendo dos alemanes y dos argentinos, así que tuvimos un buen equipo. Había varios barcos, pero nos enviaron en un viejo navío.

Bien, no me gustó el aspecto de eso desde el principio y comencé a pedir el traslado hacia otro barco. Los otros seguían amontonándose en el navío, así que los acompañé. La tripulación se adentró más allá del casco del gran barco que pronto navegaría a través del lago. Éste era el barco del que Gary y Marsea me habían hablado, el que quería tomar. Pero no pudimos porque nos habíamos visto obligados a comprar billetes en la frontera norte de Perú para el ómnibus a Bolivia. Entonces pasamos al gran barco boliviano y unos personajes comenzaron a encender el motor que sobresalía en medio del barco con todos nosotros alrededor y ¡pam!, ¡traqueteo!, ¡shish!, ¡retumbo!, ¡golpes!, parecía que el suelo entero iba a explotar. Pensé que el barco iba a sacudirse en pedazos. El problema parecía haber sido el eje de la hélice que se había separado del engranaje universal y estaba rebotando por todas partes. La tripulación trabajó en ello por un rato y, para mi alivio, nos rendimos y nos dirigimos de vuelta a la costa.

Pensé: "Esto es sin duda algo. Ahora a encontrar otro barco". Al llegar a la orilla, salté para hacerlo, pero luego el dueño del barco vino a través del muelle con su cara invadida por el pánico -" Voy a perder todo ese dinero" y splash, cae al agua: ropa, reloj, zapatos, todos artículos raros que no deben ser arrojados al agua helada a la ligera. Me compadecí del pobre hombre, con todos sus gritos, empujones e insultos a la utilería desarticulada, pero nunca pensé que habría alguna pregunta sobre todos nosotros abandonando el barco.

Eso demuestra lo poco que sabemos de nuestros semejantes. Yo estaba a medio camino del otro barco cuando me di cuenta de que no estaba siendo perseguido por una horda apurada. Para mi consternación el consenso popular fue quedarse con el navío si es que podía ser arreglado. Sumado a esto, mi malestar fue de alguna manera remendado y nuevamente fuimos a lugares desconocidos, acurrucados alrededor de un motor lanza humo que amenazaba con sacudirnos en pedazos. Por mi parte, subí al techo e hice cálculos hasta la orilla midiendo la distancia que yo esperaba poder nadar, ya que en el barco no tenían salvavidas. Me imaginaba que sería algo heroico evitar perder la vida, o las extremidades.

Sin incidentes, de alguna manera logramos llegar al hogar flotante de los Uros. Si Gollum, de "El Señor de los Anillos", tuviera una morada terrestre o debería decir "por encima de la tierra", ciertamente ese lugar sería aquí. Como uno puede imaginar, los Uros no son gente común viviendo como lo hacen en medio de un lago. Ellos sobreviven con criaturas que creen que son hijos del lago. Aunque la iglesia cristiana está haciendo algunos caminos internos, si sólo existiesen algunos caminos. Tienen una escuela flotante que remolcan de isla en isla para que los niños de las islas circundantes sean educados. Fue el único ejemplo de afirmación positiva: no, también vi orfanatos y hospitales dirigidos por cristianos estadounidenses. No es un trabajo fácil el del pueblo de Cristo en América del Sur. Hay diferentes sectas y actitudes y nacionalidades al igual que en la iglesia católica. Vi de todo, desde frailes mendigando en Oaxaca hasta una conferencia sobre los males del control de la natalidad dictada por un católico laico, incluso historias de gran valentía de sacerdotes brasileños y chilenos frente a la gran opresión, defendiendo los derechos de los indios, pero la regla suele ser que la iglesia está codo a codo con las élites y oprime a los indios.

Los Uros ahora están en contacto con el comercialismo y te reciben con sus manos extendidas y una tienda con sus artesanías. La guía te dice que les traigas fruta, pero el ver una naranja pone a los niños a gemir y a aferrarse de mis mangas mientras las damas sonríen benignamente de su inmundicia, o nos siguen mientras caminamos por islas no más grandes que una cuadra y no más pequeñas que un cuarto de acre. Uno debe chapotear y vadear, ya que las cañas sólo están flotando y no estancadas.

Al regresar a la costa, el timón del barco se rompió y causó el impacto del barco contra las gruesas cañas que crecían en ambos lados de las filas de los barcos. Finalmente llegamos a la orilla, donde caímos de rodillas y agradecimos a Dios por nuestra liberación. En realidad no, pero tuvimos cierto alivio ya que la última vez que el motor se rompió, estábamos lo suficientemente cerca de la costa como para ser remolcados o nadar hasta ella.

CAPÍTULO 4
PROSTITUTAS

Esa noche nos encontramos con Jeff Wiggs de las Islas Vírgenes. Primero lo habíamos visto en la cima de Huayna Picchu detrás de Machu Picchu, en donde nos tomó una foto (ahora en el frente de este libro) que recibí por correo seis meses más tarde en Santa Barbara. Si tuviera que elegir una foto de todo el viaje, me gustaría que sea esa. Estoy agradecido de que me la haya enviado después de todo ese tiempo.

Tomamos el tren con Jeff hacia Puno. Él estaba en un tipo de viaje diferente al nuestro. Prefirió quedarse en hoteles más elegantes y comer en buenos restaurantes. No es que no hubiéramos disfrutado de complacernos de la misma manera, pero no teníamos tanto dinero y estábamos tratando de conservarlo en cada oportunidad. En donde Jeff se entregaba totalmente era con las prostitutas.

La prostitución, como te puedes imaginar, es una empresa muy popular en países pobres y Jeff era su partidario más entusiasta. Así que cuando volvimos del viaje a las Islas de los Uros, Jeff sugirió una ronda con sus damas favoritas. Jerry estaba completamente dispuesto ante lo que sería una nueva experiencia para él. Yo tuve experiencias anteriores algo menos que satisfactorias en Europa, pero como no estaba en el mercado, sino que estaba justo ahí cuando decidieron ir, fui como un observador interesado.

Llamaron a un taxi y Jeff, que tenía experiencia en este tipo de desventuras, le dijo al conductor exactamente lo que queríamos. Así que en medio de la noche nos dirigimos a las afueras de la ciudad a una casa con la luz roja proverbial. Con altas expectativas de exóticas mujeres peruanas, entramos para encontrar al menos 20 hombres, incluyendo a un oficial de la policía haciendo fila frente a cinco puertas. Nos quedamos con asombro cuando una mujer de aspecto completamente desgastado abrió una puerta. La pobre señora debe haber tenido más negocios de lo que se considere posiblemente saludable. Como un acto cordial la fila de los hombres se hizo a un lado para que vayamos primero. Amablemente nos disculpamos y nos fuimos afuera, en donde nos reímos como tontos por lo que acabábamos de ver. ¡Ah, pobre prostituta fronteriza!

Habíamos estado tratando de irnos de Puno desde que llegamos, lamentando que no podíamos tomar el fantástico y viejo tren-barco que navega durante la noche hacia Bolivia. El tren barco cuesta sólo un poco más que el elevado precio que nos habíamos visto obligados a pagar en la frontera varias semanas antes en ese lugar más bajo llamado Tumbes. De todos modos, el 30 de mayo, después de haber estado en Perú exactamente un mes, logramos llegar a Bolivia.

La compañía de ómnibus, Pizango, casi nos lleva a la distracción con sus retrasos, pero finalmente nos trasladaron en un hermoso viaje alrededor del lago a La Paz.

La entrada a La Paz es el más espectacular primer encuentro con una ciudad que he experimentado. Incluso la gente en el micro, quienes habían hecho el viaje muchas veces y nos habían comentado de la vista inminente, suspiraron de asombro con el resto de nosotros cuando el autobús rodeaba la curva final y la ciudad brillaba por debajo nuestro. Habíamos estado viajando a través de las llanuras, y durante kilómetros habíamos visto este halo de luz en el horizonte que a veces parecía estar alejándose de nosotros, pero finalmente llegamos al borde de un valle repentino y más grande y allí estaba La Paz, la ciudad más alta de su tamaño en el mundo.

Encontramos alojamiento en el Andes Hotel y partimos por la mañana hacia American Express. Jerry quería ir al banco primero, pero yo estaba preocupado por el correo y los arrastré a él y al otro amigo en mi carrera a American Express. Encontré una carta de mi hermano, Steve, y ningún otro correo personal, pero mi decepción fue más que compensada al encontrar un fantástico documento reenviado por Jon Klontz desde el Bank of America del Ecuador. En un momento todo mi viaje cambió. Jon dijo que estaba viniendo camino a Argentina y el banco dijo que yo había sido beneficiado con un fondo de $250 al mes durante más de un año. Pasé de estar casi quebrado y preguntándome cómo volver a casa, a obtener la independencia de viajar a donde yo quiera.

Recibí muchas palmadas en la espalda, y sabía que pronto estaría en Argentina. Al principio Jerry pensó que no iba a poder ir, pero pronto cambió de opinión. El inconveniente más inmediato era averiguar si los fondos que había solicitado habían sido enviados a la BofA local y he aquí, allí estaban. Fue un gran día de noticias financieras. Celebramos con una buena comida que no habíamos podido permitirnos durante mucho tiempo.

En una visita posterior a American Express encontré una carta de Jon diciendo que vendría una semana más tarde, así que nos instalamos para una larga estancia en La Paz.

En la carta que Steve me había escrito me pidió un consejo sobre qué debía hacer con su vida, y cómo la escuela fue en gran parte un escape que pronto terminaría. Ambos somos artísticamente talentosos. Él tiene un tremendo potencial como escritor. Pero también hemos sido criados con tantas distracciones, que con la escuela y escapes menos legítimos nos falta la confianza para romper con el plan de vida parental-social que nos tiene haciendo muchos más "esfuerzos socialmente valiosos". Personalmente sé que quiero ser músico, pero no puedo convencerme a mí mismo de dedicar totalmente mi vida a ese deseo. No tengo miedo de fracasar en ese campo en donde cada canción recién escrita o una escala recién aprendida es suficiente satisfacción para mí. Y como le dije a Steve, es posible para mí perder mi ego mientras toco música y fluyo con las energías del universo. Logré un estado de conciencia similar a la meditación, en donde mis dedos parecían actuar de acuerdo con los poderes e inspiraciones que están más finamente en sintonía que cualquier cosa que pudiera hacer con mi estado consciente racional, y parece fluir con la certeza de una corriente que se ha unido y puedo flotar en esa corriente. En la otra mitad de la música está el logro de realizar una pieza finalmente elaborada, un inmaculadamente preciso esfuerzo de la mente racional.

Como he dicho, siempre tendré música, pero no puedo resolver el problema de si puedo dedicarme a ella tiempo completo. Creo que, con el estado del mundo y mi oportunidad de involucrarme con el gobierno, voy a tratar de realizar un servicio más temporal a mis compañeros que solamente involucrarme en lo que sin duda sería la más egoísta pero más personalmente satisfactoria búsqueda de la excelencia como músico. Sin embargo, como le dije a Steve, él debe por sobre todo seguir su don artístico de la escritura siempre que pueda y dar sus otras energías como un valioso don muy necesario por el mismo, pero con disgusto donado a la sociedad y al mejoramiento de la vida de los hombres. Pero luego está el otro lado, que argumenta ser un mejor regalo para el hombre que una palabra correcta o un pensamiento significativo o una frase melódica, ya sea para arrancar los corazones o aligerar la carga del hombre.

No sé qué camino tomar, por compromiso, supongo. No hay palabras ni pensamientos nuevos. La música está muerta. Ahora debo dejar mi hogar, el corazón de mi corazón- vagar en el mundo frío de la línea fronteriza o nada, la última oportunidad. Es la carga de mi generación llevar las terribles responsabilidades de este país. Y si nosotros, los de actitud pacífica y espíritus libres, elegimos dedicarnos a nuestro arte, ¿quiénes controlarán los terribles motores de la destrucción? ¿Quiénes serán? ¿Serán capaces de ver y reír de locura, retorcer la nariz con los impulsos que son destructivos? ¿Proteger y luchar por los derechos del hombre? ¿Lo haré?

El ejército en cualquier país del mundo, incluyendo los EE. UU. tiene el poder de tomar el control de ese país por la fuerza, arrestar y asesinar a cualquiera que elijan. Lo vi en todos los condados que visité. El concepto de "no puede suceder aquí" es ingenuo. El movimiento por la paz se juntó y fue rápidamente dispersado por la fuerza armada más grande del mundo. Aquellos que argumentan que el derecho a portar armas y la cantidad de armas en los EE. UU. nos mantendrá libres, están argumentando un caso tenue. Es cierto que habría mucha resistencia y actividad de la guerrilla, pero ¿qué es un rifle de caza contra un tanque? Por otro lado, durante muchos años yo estuve en contra de las armas y estuve a favor de abolirlas de la sociedad, pero ahora me doy cuenta de que, aunque son la causa o parte de los crímenes más atroces, también actúan como el único elemento disuasorio ante una toma armada de los EE. UU.

¿Qué clase de hombres y mujeres se unen a las fuerzas armadas o a la policía? En la historia pasada y en América del Sur, el ejército era la única ruta en la escalera social;

poder, prestigio y defensa del mejor interés. Un autómata obedeciendo las órdenes de algún hombre de una autoridad supuestamente superior, matando sin culpa personal si les es dicho por la fuente correcta.

En los EE. UU., las fuerzas armadas tienen una tradición honorable y la democracia es de larga data, pero también lo fue en Chile. Hoy me gustaría decir que la jerarquía de las fuerzas armadas de los EE. UU. es generalmente de una inusual clase iluminada, debido al hecho de que muchos de ellos fueron sacados de las universidades y empresas privadas durante la guerra y optaron por una estancia en el ejército. Entonces era un digno y socialmente aceptado papel. Hoy, sin embargo, después de la guerra de Vietnam, la policía y el ejército son vistos con desprecio y considerados por la mayoría de los colegas de una naturaleza liberal y humanitaria como una profesión onerosa que se excusa de ser deshonrosa y socialmente inaceptable. Hace veinte años un muchacho de la universidad como yo esperaría y respetaría a varios de sus amigos que ingresaron en los servicios armados. Hoy en día la situación es invertida y estamos en un punto crítico de nuestra historia. En nuestro temor hemos armado a un segmento de nuestra sociedad con las armas más sofisticadas, dejando poca esperanza en mi mente de que un grupo se abstenga del uso de tremendo poder que se les ha dado de cualquier otra manera que les parezca conveniente.

De todos modos, de vuelta al viaje. La Paz es una ciudad muy alta en muchas formas. Si bien existe una élite europea compuesta en su mayoría de exnazis tan acertadamente como se pueda decir, su poco moderna sección de la ciudad está rodeada por una población palpitante de indios mucho más que en Quito o Lima en proporción a la población de élite. La ciudad es muy montañosa con la sección de élite en el centro de un valle empinado. En la distancia hay una muy hermosa montaña nevada que domina sobre la ciudad. Una observación menor que tuve es la locura por los anuncios de refrescos. En uno de los edificios más altos hay una pintura gigante de una bebida naranja, en todos los cordones de las veredas se ven publicidades de una u otra bebida; en autobuses, semáforos, a donde uno mire es un anuncio pop. Supongo que debería llamarse "arte pop", ja ja.

La Paz es el último lugar donde intentamos hacer verdaderos negocios. Yo realmente tenía que ir, pero Jerry no quiso así que me enojé con él. Más tarde entendí que la posibilidad de ganar dinero era tan escasa que ya no valía la pena seguir molestando a Jerry. De todos modos, antes de que yo lo arruiné, conocí a Fernando con quien terminamos siendo grandes amigos. Él estaba muy emocionado de hacer negocios con nosotros, pero era joven y pensé que iba a resultar en nada por eso. Su suegra me habló de él cuando fui a la Embajada para obtener información sobre potenciales clientes. Cuando nos reunimos al día siguiente nos invitó a Jerry y a mí a almorzar y fue muy agradable. Nos preguntó si había algo que queríamos hacer, y dijimos "conocer a algunas chicas", casi en broma, pero lo tomó muy en serio y unos días más tarde, después de que nos conocimos en el almuerzo, nos llevó al prostíbulo más elegante de la ciudad.

Así que llegamos a ver el otro lado de la prostitución en América Latina. Estas mujeres eran más bellas y menos traficadas que las prostitutas de Puno. Trabajaban en una casa ubicada en un barrio de clase media. Fuimos en medio del día y pasamos un buen momento con ellas. Hicieron un striptease en medio de un living regularmente amueblado. Me atrajo una que se parecía a Ali Mcgraw. Me dijo que había venido del campo para hacer dinero para mantener a su hija. Leí entre líneas y observé que alguien la había golpeado, y luego la echó. Pero eso no me impidió entrar a una habitación algo amueblada con ella. Fue como si se hubieran mudado a una casa que una familia había dejado o tal vez todavía la habitaban cuando no se utilizaba como un prostíbulo.

Algunos pueden decir, y con razón, que las prostitutas son la perversión de una de las necesidades humanas más básicas, la necesidad de amor, tacto y sexo. Sentí algo por mi "Ali", aun cuando fueron sólo unas horas. Y creo que a ella también le gusté un poco. No las juzgo por el hecho de tratar con tantos hombres. Ellas desempeñan, supongo, una función muy necesaria y desatendida. ¿Y quién puede culparlas si no parece gustarles su trabajo? Por supuesto que no es justo generalizar o pontificar, pero mi impresión general al observar tales cosas es que a las mujeres no les gustan sus clientes y no les gustan sus trabajos. Lo que supongo que podría decirse de mujeres y hombres de todas las profesiones, desde una vendedora hasta un ama de casa. Todos nos prostituimos de muchas maneras, vendiendo nuestras almas y tiempo de maneras que traicionan nuestra propia naturaleza. Al menos se puede decir que estas mujeres atienden necesidades básicas reales en las personas, como las enfermeras, pero con la diferencia de que se les paga bien y se vuelven irrespetables. Después de nuestra visita al prostíbulo, Fernando nos llevó a su casa a conocer a su esposa y su hijo e invitarnos a una fiesta. Nos pidió asegurarnos de no mencionar nada a su esposa. Él había pagado por nosotros en el prostíbulo, pero no había utilizado los favores sexuales de las damas. Cuando conocimos a su esposa entendí el porqué: ella era hermosa.

Los hombres latinoamericanos normalmente tienen

por un lado una esposa e hijos, y por otro lado a una o más amantes. Tantos engaños y falsos disfraces de respetabilidad, realmente es divertido. Las élites y sus pequeños viajes. En la fiesta de Fernando no tenía ganas de bailar, aunque había una buena banda de rumba. Esto molestó a Fernando quien me llevó afuera para averiguar qué era lo que me estaba pasando. No podía hacerle entender que sólo me sentía relajado. Todo el mundo, incluso allí abajo, siempre la pasa bien en una fiesta, de lo contrario, piensan que no la estás pasando bien. Aunque no lo sabíamos en ese momento, estábamos mostrando malos modales al no participar activamente.

Habíamos conocido a algunas personas, una chica, Patty, que me gustaba mucho y yo a ella, pero ella ya estaba con alguien. Un día todos tomamos un autobús a Tiahuanaco, algunas ruinas a treinta millas de La Paz. Estos fueron mis sitios antiguos favoritos. Grandes losas de piedra y ruinas de edificio, además de estatuas erguidas levantadas en las afueras de esta pequeña ciudad con una Catedral. Me senté allí entre los vestigios del pasado y miré hacia fuera en la tremenda meseta del Altiplano. Fue el lugar más tranquilo en el que he estado. Era como si uno pudiera oír el sonido de un grillo a una milla de distancia, pero ni siquiera había grillos, ni un sonido perturbó el silencio. El viento se podía oír viniendo desde veinte millas de distancia para luego precipitarse a tu alrededor, arrastrando su sonido y disminuyendo hasta desaparecer. Niños pequeños subieron y nos vendieron pequeñas figuras de arcilla por el valor de un centavo. Fueron algunos de los mejores souvenirs que vi en todo el viaje. Le cambie una pieza al novio de Patty porque era una verdadera obra de arte. El cuidador dice que lo han desenterrado. Ciertamente parece ser auténtico, pero es probable que sea sólo de jabón. Sea lo que sea, es el mejor recuerdo que tengo en mi viaje incluyendo mi poncho. Hice muchas compras en La Paz y finalmente compré un bonito suéter de Alpaca por $10.

En el viaje en autobús de vuelta de las ruinas me convertí en un inadvertido contrabandista. Tomamos el último micro de regreso a La Paz y estaba repleto hasta el borde de gente que iba al mercado y para el gran desfile del día siguiente. Todos tuvimos que estar de pie o más bien agacharnos, el autobús era demasiado pequeño para poder estar de pie, aparte de que rebotaba en el camino. Pregunté a algunas personas si querían vendernos sus asientos, pero luego comencé a sentirme como un horrible estadounidense, así que traté de relajarme y soportar el paseo. Para mi sorpresa, todos los indios habían rechazado mi dinero, pero estuve aún más sorprendido cuando 15 minutos más tarde una señora se puso de pie e insistió que tomé su asiento. Bueno, mi caballerosidad prevaleció y me negué diciendo que la señora que estaba de pie con su bebé era quien debía sentarse. Esto inició un tremendo alboroto cuando la gran mamá ganso del grupo exigió que me siente inmediatamente. Bueno, ese fue un truco muy convincente, así que con una conciencia cargada de culpa me senté con mucho gusto.

Su razón pronto se hizo evidente cuando llegamos a un punto de control y los guardias que abordaron el autobús comenzaron a pasar a través del montón de bultos apilados. Eran realmente bastante brutales y minuciosos; tomando a su paso lo que querían de comida y por la fuerte protesta de las mujeres comenzaron a confiscar mantas a derecha e izquierda. Parecía que estábamos en medio de un gran arbusto de mantas. Las damas transportaban mantas peruanas al mercado sin pagar impuestos. Me había preguntado por qué mi asiento era tan inusualmente cómodo, ¡y era porque estaba sentado sobre un montón de mantas de contrabando!

Cuando el policía se acercó me comporté con tranquilidad y lo suficientemente seguro de modo que éste revisó a todos menos al gringo. Cuando partimos del punto de control, las damas me amaban por haberles ayudado con su contrabando. Estuvieron acariciándome la espalda y sonriéndome. Tuve un cómodo viaje a casa a La Paz.

Oro (la traducción al español del apellido de Jerry) y yo ahora habíamos estado esperando a Klontz por más de una semana. Sabíamos que incluso apresurándose no podría alcanzarnos antes del 12 de junio. Gary me había dicho que el paraíso se iba a encontrar en un pequeño pueblo en las orillas del Lago Titicaca llamado Sorata.

Habíamos hablado con personas que acababan de regresar de allí y estaban cubiertos con las mismas picaduras desagradables que habíamos recibido en Perú. Está de más decir que yo no estaba contento de encontrarme a esos molestos insectos de nuevo, pero esas personas también confirmaron que Sorata era de hecho un lugar hermoso. Así que hicimos los preparativos para ir. Además de mi suéter de lana de llama, Bolivia tenía los recuerdos más bonitos, desde productos tejidos de lana de llama, monedas antiguas, plata, y hasta tejidos antiguos todo por un precio de ganga. No había podido comprar mucho en Perú debido a mi estado financiero, pero si traje conmigo un buen botín de La Paz. Aunque no pude encontrar un poncho que me gustara tanto como los de Cuzco, finalmente le pedí a Jon que me compre uno en su camino de regreso al norte de Argentina.

Después de un debate final, decidimos esperar a Jon en lugar de ir a Sorata, hasta que dos días más tarde apareció en nuestra puerta. Él estaba agotado por su duro viaje, pero nosotros, por otro lado, teníamos muchas ganas de ir. Lo llevamos a nuestro restaurante favorito donde la carne era fantástica, pero era tarde para darnos cuenta de un mero presagio de cosas que iban a ocurrir en Argentina.

Al día siguiente hicimos los arreglos para el viaje y partimos a la tarde siguiente. Era necesario hacer los primeros 150 kms. en autobús. Para nuestra sorpresa la ruta estaba pavimentada y el micro era cómodo. Llegamos a la ciudad sólo para descubrir que el tren que pretendíamos tomar se agotó en primera clase. Conversamos sobre tomar la segunda clase, pero decidimos pasar la noche en la ciudad y partir al siguiente día. Vimos una película y caminamos a casa a través de la calles frías y desiertas. Con pocas iluminaciones en las calles, el aire despejado y una gran altitud puedes ver las estrellas del hemisferio sur muy claramente.

Al día siguiente abordamos el tren, un modelo vintage por describirlo de alguna manera. Fue bueno haber decidido no tomarlo en segunda clase, aunque primera clase no era mucho mejor. Teníamos asientos, pero el vagón estaba abarrotado de pared a pared con gente y sus objetos. Mientras esperábamos para partir me quedé de nuevo asombrado por la tremenda fuerza y resistencia de los maleteros. Pequeños hombres de estatura común para aquellos lugares, con no más de 5’2” y usando cuerdas atadas alrededor de sus cuerpos y cabezas, levantan enormes pesos en sus espaldas y los llevan por sobre casi el doble de su peso.

Finalmente nos fuimos, saliendo por un largo puente sobre este gran lago comenzamos el gran viaje a Buenos Aires. Habíamos comprado vino y ya que nuestros cuartos eran tan estrechos, agarramos el mazo de cartas y fuimos en busca de un lugar cómodo para beber y jugar. Los vagones lounge no se encuentran en los trenes bolivianos y lo más cercano que pudimos encontrar fue el comedor, el cual era el vagón más bonito en el tren. Nos sentamos y pedimos una cerveza y dos vasos, y les dijimos que también nos gustaría beber nuestro vino allí. Como puedes imaginarte, la idea de nosotros acampando con nuestro propio producto no era ansiosamente bienvenida por el establecimiento.

Jon volteó para tener la primera de muchas conversaciones con el maître-d', puso un poco de dinero en él y se nos permitió beber nuestro vino. Pero entonces, después de que repartimos las cartas, el dueño del coche, es decir una empresa privada, nos informó que debemos comprar algo o irnos. Así que compré un almuerzo, un pedazo de cerdo horrible y duro con el cual, recuerdo correctamente, me las arreglé para permanecer allí durante una hora o más, pero finalmente tuvimos que retirarnos a nuestros cuartos estrechos en la parte trasera que, aunque no lo creas, se habían vuelto aún más estrechos. No había siquiera espacio para caminar por el pasillo. Después de una hora de eso decidimos que era hora de cenar y nuevamente fuimos hasta el comedor.

Como uno podría imaginar el establishment del vagón comedor no estaba encantado de vernos. Bueno, pensé, nuestro dinero es bueno, y estos tipos militares han sido ubicados en la parte trasera del vagón todo el viaje. Nos dijeron que la cena no iba a servirse hasta la siguiente hora y no podíamos esperar. Ni siquiera nos servirían un trago diciendo que éramos "malcriados".

Qué tontería. Pero lo tomamos lo suficientemente bien y de nuevo regresamos a nuestro vagón que, si puedes extender tu imaginación, se había vuelto aún más repleto, ocupado hasta el borde, estallando en sus uniones. Gente y sus pertenencias metidas en cada rincón. Sería injusto no decir que éramos bastante impopulares a estas alturas también, ya que al regresar otros se vieron obligados a dejar nuestros más deseados asientos y acomodarse en el pasillo ya repleto.

Después de una hora o dos, realmente tuvimos hambre y reuniendo nuestras fuerzas marchamos de nuevo al vagón comedor en donde nos dijeron que todas las mesas habían sido reservadas para una escuela de niñas. Sólo Dios sabe de dónde iba a aparecer una escuela de niñas en los vastos terrenos baldíos deshabitados que pasaban a toda velocidad por nuestra ventana. Bueno, yo pensé lo suficiente de esta mi-er-da y en mi mejor forma exigí que Jon tenga palabras duras con el establishment.

Se puede decir que Jon Klontz no es la persona más dura y sólo logró preguntar si los militares tenían algún privilegio especial ya que los dos todavía estaban metidos en el vagón. Sólo para decir que fue mínimamente, una pregunta ingenua.

"Los militares dirigen el país", le dijeron, "y pueden hacer lo que quieran."

Así que me senté y me convertí en el primer jinete de la libertad estadounidense-boliviana. Nuevamente pedí que me sirvieran y nuevamente fui llamado "malcriado".

Pronto parecía que íbamos a ser echados a patadas y la situación era cada vez más grave.

Jon Klontz es una persona totalmente relajada y naturalmente modesta que me sorprendió genuinamente cuando, a instancias de Jerry y mía, sacó un viejo y vencido pasaporte diplomático que tenía desde cuando vivía con su padre que era un médico del Departamento de Estado y lo presentó al "jefe" del vagón comedor.

Esto creó algo más que un leve revuelo, pero todavía seguíamos sin poder conseguir comida, y no fue hasta que dos gatos militares intervinieron a nuestro favor que finalmente nos sirvieron. Terminamos conociéndonos con estas personas y nos quedamos en el vagón hasta tarde en la noche bebiendo y jugando un juego de dados. Por cierto, la escuela de niñas o un montón de niñas aparecieron y se preocuparon al ver a los tenientes.

Estar en el ejército (ahí abajo) es la forma más común para salir adelante, y si obtienes cualquier rango lo has logrado, a menos que, por supuesto, termines en el lado equivocado de una revolución.

De hecho, fuimos testigos de una revuelta. Una noche en La Paz tanques y milicias vinieron circulando en la calle. En una ocasión Jerry vio algunos estudiantes siendo atacados con gas en la universidad. Antes de Banzer (General Hugo Banzer, presidente de Bolivia) el actual general gobernante, hubo problemas en la misma universidad y ellos la ametrallaron y bombardearon. Esta vez algunos disidentes fueron cremados en Cochabamba, y al día siguiente vimos a Banzer caminando en un desfile.

Era tan frío y gris que no nos quedamos a presenciar aquel asunto. Lo que ocurría es que todos los años cada sección de la ciudad tiene su propio desfile, y éste acontece en la zona del mercado. Cientos de personas vestidas como fantásticas gárgolas malignas, osos, e incluso con trajes de indios americanos, disfraces y máscaras increíbles, todos bailando y girando alrededor, arriba y abajo de la calle; fue el desfile más colorido y vibrante que había visto.

Pero, de todos modos, allí estábamos con hombres del ejército en el tren, con quienes tuvimos algunas conversaciones interesantes esa noche mientras nos embriagábamos con cerveza y jugábamos. Una idea particular que tenían era que Bolivia era el centro del universo y todo estaba bien y próspero. Esto es lo que ellos creían. Argumentamos que habíamos leído que en Bolivia había casi una hambruna.

"¡Hambre!" replicó, "mira la comida que comiste esta noche".

Sí, habíamos comido bien y también las otras élites. Para ellos el hecho de que los indios muriesen de hambre no tenía sentido. También podrían ser de otra época, y mucho menos viviendo en el mismo país con grupos de personas que se supone comparten su destino nacional y económico. Uno de los mayores problemas económicos de América del Sur, particularmente en los estados andinos, es una sensación de que hay un nosotros y un ellos, y una ignorancia completa entre las élites de que su futuro bienestar está directamente relacionado con los indios. Es así, si ellos siguen explotando a los indios y se llevan las ganancias del país en lugar de reinvertirlos en la educación de la gente y el desarrollo de la tierra, sus países continuarán en un ciclo de pobreza con ellos viviendo adentro. Nadie quiere vivir en un barrio pobre.

Fernando, después de mostrarnos la bonita parte residencial de La Paz, dijo que la gente realmente rica se muda a Miami Beach y es un cliché cómo los gobernantes en el país roban lo que pueden y lo ponen en bancos suizos, para nunca verlos en su propia economía. Lo que no es robado, es invertido en equipo militar para abastecer al ejército. Si uno tiene efectivo para invertir, lo pone en el mercado americano-europeo.

Estados Unidos está justo en medio de esto. Vende las armas al ejército, alberga y educa a los ricos. Pero EE. UU. no debe ser completamente culpado, cualquier desarrollo que haya en estos países se debe mucho a la inversión de los Estados Unidos en equipamiento y educación. El trabajo, por supuesto, cuesta casi nada. El ciclo resultante es uno en donde el dinero se vierte a través de estos países como un colador y hay poco esfuerzo para detenerlo o crear capital nacional propio. Dios mío, cualquiera de estos países tiene los recursos para desarrollar industrias propias tremendas.

Tengo que admirar al ejército progresista en Perú, el cual les dice a los intereses externos que, si bien hay cobre allí, éste va a permanecer allí hasta que podamos desarrollar la industria nosotros mismos por nuestros propios medios. Eso no quiere decir que Perú no tenga interés y no esté atrapado en el mismo ciclo de "en desarrollo", pero hay al menos un destello de noción de que el recurso más valioso es la gente, y si se los trata debidamente, invirtiendo en ellos y en su "desarrollo"; es decir, educarlos y alimentarlos adecuadamente para que incrementen su potencial intelectual, todos prosperarán eventualmente y serán los mejores debido a ello.

Hoy en Perú se ven cooperativas en todo el campo. Mientras que escuché que no están haciendo ningún milagro económico, las cooperativas son indicadores de una intervención positiva por parte del gobierno; una inversión en la gente. Por otro lado, debo señalar que el actual régimen también reprimió recientemente a la prensa libre y Lima está rodeada de asentamientos marginales, "barrios". La educación que presencié en Cuzco fue militarista, con los niños alineados con uniformes, rango y registro, cantando algún himno nacional.

De todos modos, de vuelta en el tren finalmente nos echaron de ese restaurante muy cómodo, volvimos a nuestro propio vagón para intentar dormir, y por Dios si ese lugar no era apto para explotar, con gente y equipaje lleno hasta el límite absoluto con más gente y cosas. Nuestra entrada era la paja, como ellos le dicen. La unidad explotó con gemidos y bebés llorando, y cuando parecía que todos estábamos condenados a ser esparcidos por todas las salinas áridas en medio de Bolivia, el tren se detuvo en un lugar aparentemente inocuo con la mitad del tren apilada. El alivio, la intervención divina, repentinamente pasaron muchas cosas en esta habitación. Bueno, para no desaprovechar un buen espacio, había aprendido bien mis lecciones a estas alturas, y pronto me acosté cómodamente como era de esperar. La noche no fue del todo pacífica y bella, pero me las arreglé para dormir un poco.

Por la mañana nos encontramos fuera del altiplano y en esta zona desértica, que me recuerda a Arizona por el viento, las esculturas de roca, la belleza árida de la arena marrón y la roca roja.

Llegamos al mediodía a la frontera argentina. Al ser domingo, tuvimos que esperar a que la autoridad fronteriza adecuada apareciera. Jon y Jerry fueron a buscarlo y me quedé a esperar, bromeando con los guardias y tocando música. La ciudad en sí era silenciosa y ardiente en el aire hueco de la montaña del desierto. El funcionario apareció y después de una carrera loca a través de la ciudad en la que no pude encontrar a los chicos, el tipo decidió irse. En el último minuto nos encontramos y abandonamos Bolivia.

Entrar en Argentina fue una revelación. Ninguna frontera que yo haya cruzado alguna vez fue tan radicalmente diferente, con la posible excepción de San Diego-Tijuana. El lado boliviano tenía calles polvorientas, casas de adobe, pequeñas tiendas con stock pobre, e indios. La parte argentina tenía calles pavimentadas, coches europeos, tiendas "inteligentes" bien surtidas, llenas de electrodomésticos y comodidades.

La impresión resultante del contraste de las dos ciudades me llevó a reforzar una predisposición de que las comunidades caucásicas de este mundo tienen algo en marcha para ellos económicamente. Argentina ha estado en un declive económico durante los últimos 20 años. Tienen los recursos para ser uno de los países más ricos y hermosos del mundo. Pero por el momento no tienen un gobierno que valga la maldita pena y el orden social está en caos total. Argentina fue mi país favorito en muchos sentidos, y siempre seré aficionado a ella.

Tuvimos nuestros pasaportes sellados después de un retraso (nunca cruces fronteras un domingo de ser posible), y compramos boletos para un viaje nocturno a Tucumán. Después de ver la mitad de "La Conexión Francesa" y alguna otra película que tratara sobre huir de algo comenzamos de nuevo en el largo camino a Buenos Aires. Toda esa noche viajamos con las horas y kilómetros borrosos. El micro y la ruta eran modernos y cómodos, parecía increíble en comparación a lo que estábamos acostumbrados.

Jon y yo tuvimos una conversación rápida pero interesante en la primera noche en el autobús. Estaba pensativo y le pregunté por su estado de ánimo. Al principio pensé que estaba entristecido por el hecho de que su padre tenía cáncer y pensé que podía ayudar contando cuánto tiempo sobrevivió mi padre con su enfermedad. Pero no, estaba pensando en la política, lo que discutimos más tarde. Habiendo vivido y estudiado América del Sur muy de cerca, Jon está en la estructura actual y no ve ninguna esperanza sin una revolución de cambio; es decir, "la única verdadera revolución fue en Cuba". Él no cuenta los golpes de estado en donde el próximo gobierno juega nuevamente en manos de las élites y el gobierno de los Estados Unidos. Jon quiere ayudar con dinero, pero al ser un tipo pacífico no se puede ver a sí mismo saliendo y peleando. La noche pasó y al día siguiente hicimos paradas en ciudades como Jujuy y Salta.

Hippies acampando en Pereyra Iraola
con infame pipa de marihuana
de caracol y bambú

CAPÍTULO 5
ARGENTINA

En la mañana de nuestro primer día en Argentina el autobús llegó a Salta y tuvimos unas horas hasta que el partió hacia Córdoba. Jon, como he dicho, sabe mucho de América del Sur. Le habíamos preguntado si los gauchos todavía existían en Argentina, y nos informó correctamente que, aunque todavía existían en pequeñas cantidades, por lo general, eran un mito del folclore. Pero tuvo su momento embarazoso cuando al salir de la estación de autobuses, nos encontramos con gauchos vestidos con su mejor atuendo y los caballos más elegantes montando en las calles. Al principio nos pareció gracioso, luego curioso cuando nos encontramos con más y más. Por lo que vimos después había un desfile esa mañana en honor a algún héroe militar. En el camino a las ceremonias pasamos el desfile en plena formación y después de comer, desde los puestos de venta, los vimos revisar la asistencia de tanques, pero sobre todo de los gauchos montados y a la policía.

En el sitio en donde se revisaba la asistencia había mucho bronce. Jerry y Jon me apostaron diez dólares por cruzar la plaza frente a los generales. La idea era lo suficientemente atractiva, excepto por el inconveniente de que era muy posible que me disparen en el acto, y si fuera capturado probablemente encerrado y deportado a los EE. UU. Pero oh publicidad que podría haber hecho para "Time".

Ese mediodía tuvimos nuestra primera comida en un restaurante. La comida en Argentina es la mejor que he comido en el mundo. Con gran influencia italiana, vinos fantásticos, muy barato, con muy poco uno puede obtener una deliciosa comida y una repetición. Vino con cada comida, oh, Señor, esa comida argentina. Caminamos un poco más alrededor de Salta. Parecía que cada vez que dábamos vuelta la esquina nos encontrábamos con ese maldito desfile de caballos.

Se sentía extraño estar en algo parecido al nivel del mar. Después de meses en los altos Andes un paseo de una milla o dos parecía comparativamente sin esfuerzo.

Había un tren de Salta a Buenos Aires, pero era más caro y demoraba más tiempo que el ómnibus. Así que esa tarde abordamos uno que llegó a Córdoba temprano a la mañana siguiente e inmediatamente abordamos otro autobús hacia Buenos Aires. A estas alturas, las horas solo pasaban al igual que los amplios espacios de las Pampas. Dormí mucho y cometí el error, tal vez impulsado por pensamientos de Felipe (Felipe Jolly-Luque, amigo de Jon y mío de la Escuela Internacional de Viena) de "salivar" en Jon. Ese vil hábito en el que uno coloca un poco de saliva revuelta en la punta del dedo índice y la dispara hacia un objetivo, por lo general el cuerpo de un buen amigo. Al hacerlo en cualquier otra persona, sería más que probable que lleve al derramamiento de sangre. A Jerry le encantó y se unió. Jon se puso enseguida en su papel de señor Inocente. Como si él disparase o instigase un disparo de saliva y luego dijese "¡bien, detente, detente, tú lo empezaste!" Salivar—"bien, ese es el final, no más, tregua." Siempre después de haber recibido el último disparo de saliva. Casi nos metemos en serios problemas luchando alrededor del equipo argentino de rugby, pero terminaron haciéndose nuestros amigos, y uno de ellos nos indicó cómo llegar a la casa de Felipe.

Después de días en las llanuras, nos estábamos acercando a Buenos Aires y yo también estaba listo para ello. Listo para relajarme durante una o dos semanas y listo para ver a Felipe. Pensamos que podríamos llegar por la noche, pero el autobús se rompió y eran las nueve antes de llegar a las afueras de Buenos Aires. ¡Dios! También super autopistas.

Finalmente bajamos del autobús. Tomamos un taxi, luego el tránsito rápido, una parada y ya estábamos en Acassuso. Habíamos tratado de llamar desde donde el micro se había descompuesto, pero no pudimos contactarlo. Así que fue una sorpresa completa para la señora Jolly (la madre de Felipe) cuando Jon tocó el timbre en su edificio de departamentos. "Si" "¿señora Jolly?" "¿sí?" "Soy Jon Klontz." "¡Estás bromeando!" "Y Jeff Oshins." "¡Dios mío! ¡Suban!"

Qué bienvenida, más de lo que esperábamos. "Entren, entren. Felipe no está aquí, está tocando con su banda". Discos estéreo, alfombras, un departamento moderno. Una gran vista. Después de meses en el desierto, parecía lo último en lujo. Nuestro primer hogar- comida cocinada en años. Bifes. Bifes Argentinos. La señora Jolly dijo que nos dejaba el departamento para ir a casa de su madre. Finalmente me fui a dormir. Pero de un momento a otro Jolly entró. Él, Jon y yo habíamos recorrido California en mi Volkswagen escarabajo y habíamos hecho un viaje a Baja, México un par de años antes, pero Felipe nunca pensó que yo llegaría a Buenos Aires. Esperaba a Jon en algún momento en el futuro, pero nunca a mi. ¡Qué reunión! Sentí calidez y bienvenida. Pero también me sentía cansado por lo que después de largos abrazos y mucha celebración, mientras que Jon, Jerry y Felipe hablaron toda la noche, me fui a dormir.

Por la mañana, Felipe tuvo que ir a trabajar, así que todos nos preparamos para nuestro primer paseo en la gran ciudad. Quería recoger algunos fondos en el Bank of America, pero al final sólo recorrimos los hermosos y amplios bulevares de Buenos Aires. Una hermosa ciudad, fácilmente comparable con París. No había nada para mí en el banco y así iba a ser durante muchas semanas. Sin embargo, los días fueron llevaderos con buenos momentos y mujeres hermosas. Las mujeres de allí son casi tan divertidas como el vino, pero mucho más sofisticadas. Tienen un gran estilo para vestirse, la alta moda está al día y las mujeres se lo merecen. Esas largas piernas italianas y ojos argentino-españoles. ¡mamma mía!

Felipe me llevó a la fiesta de unos amigos, del tipo europeos y muy cosmopolitas. Y al sentarme entró una hermosa chica quien caminó hacia mí y me besó en la mejilla - "Bueno, cariño", pensé yo, "Obviamente tienes buen gusto." Pero luego ella continuó alrededor de la habitación besando a todos los demás. Una costumbre pintoresca me dije a mí mismo. Toqué algunas canciones para ellos y todos la pasamos bien.

El departamento de Felipe era todo nuestro ahora. Su madre actuó como un hada madrina trayéndonos comida casi todos los días, pero por sobre todo permitiéndonos estar ahí. El departamento estaba en el piso 13 de un edificio de gran altura sobre el hipódromo o pista de carreras y limitando al otro lado estaba el Río de La Plata. Tremenda vista.

Los caballos me recuerdan una de mis primeras experiencias en Quito. Oro y yo fuimos a una pista precaria en donde corrían los mismos viejos caballos una y otra vez y quienes eran drogados enfrente de todo el mundo. Lo que uno apostaría era a aquel caballo que haya logrado la mejor marca ese día. Yo no lo sabía y aposté en la primera carrera. Había un gigante en el campo de los caballos pequeños, un verdadero strider de aspecto llamativo —Aguardiente—, agua de fuego. Parecía imbatible en la competencia, pero fue limpiado por un pequeño pony con alrededor de 100 cc de cocaína corriendo por sus venas - brr-rooom. Los caballos de Argentina eran hábiles y sofisticados en comparación con los otros que habíamos visto, como lo era todo lo demás. Estar en Argentina era como volver al siglo XX, y no me arrepentí de tener ese interludio. Leía libros, escuchaba discos, comí bifes, tocaba música, salí con encantadoras y sofisticadas mujeres argentinas. ¡Oh!, hermoso. Las dos semanas pasaron bastante rápido y un día todos nos fuimos hacia el campo.

Felipe pensó que conocía un parque en el que podíamos acampar. Pero nosotros lo encontramos entonces en un camino de campo haciéndose el tonto alrededor de los olmos, tomando fotos, preguntando por este lugar. Estaba cerrado o no existía, pero Felipe habló con el gerente de una gran estancia que nos dio permiso para acampar en el terreno. Qué lugar, rodeando el castillo o lo que fuese, parques y bosques, todo para nosotros.

Felipe tomó un montón de fotos de nosotros, principalmente alrededor del gran bong - lo que sería una pipa creada para ser utilizada en la inhalación de un poco de hierba vieja, lo cual era también como un dispositivo mágico. Creado con ingenio de objetos encontrados: bambú, una concha de caracol, un poco de tela y aluminio desechados.

El escenario era amplio y cómodo. Todos corrimos y trepamos a los árboles, estábamos entre las hojas como verdaderos elfos. Aunque llovió toda la noche, teníamos las carpas armadas y sólo era llovizna, así que, qué demonios. Partimos hacia La Plata, llovió, vimos una película, decidimos volver a la estancia de campo de Felipe al otro lado de Buenos Aires. Visitamos un museo de huesos de dinosaurios de primer nivel. Decidimos volver tarde por la noche en lugar de conseguir una habitación. Así que después de la película que estuvimos esperando, tuvimos una buena comida. Felipe tenía una porción monstruosa de carne llamada "carne de bebé" —un trozo de filete que asustaría a un simple roast beef.

Luego pasamos por una discoteca y, aunque no entramos, terminamos siendo la máxima atracción. Muchos se juntaron a nuestro alrededor al extenderse la noticia de que los estadounidenses estaban fuera. Los niños en ese lugar están rodeados de elementos de la cultura de los EE. UU., pero no muchos de ellos habían presenciado en persona lo que antes habían visto y oído tanto en películas como en canciones.

El tan anunciado hippie estadounidense. Algunos "hippistas" argentinos trataron de pegarse a nosotros, por estatus o algo así. Cada uno de nosotros tenía su propio pequeño grupo. Una chica llevó a Jerry adentro y luego lo vimos besándola en el patio. La escena comenzó a romperse y los muchachos que estuvieron tratando de unirse a nosotros finalmente nos invitaron a un bar que resultó ser una decepción. Bailé con la única chica allí, como todos los demás. Luego paseamos por las calles empapadas por la lluvia de La Plata hasta terminar en un bar de prostitutas en donde nosotros, o debería decir, yo, estuve con una pequeña mujer durante unos minutos.

Mientras tanto, todos los demás estaban conquistando, excepto nuestros guías quienes no corrieron con la misma suerte que nosotros. Una vez más estábamos enfrentados a, como muchos estadounidenses, el factor de hospitalidad superfluo siendo seres fríos y alienados, tales derramamientos de devoción instantánea nos entusiasmó un poco y de alguna manera siempre terminamos pagando sus bebidas. Sucios y confabulados hispanos -jaja- estábamos en su juego.

Finalmente abordamos un autobús alrededor de las 4:30 a.m. y emprendimos el regreso a Buenos Aires.

Nos detuvimos en el departamento, tomamos el auto y algo para comer y salimos nuevamente. Conducir en Buenos Aires es, en una palabra, demencial. El macho se vuelve loco. Como si fuera un insulto mortal si alguien te pasa. Y luego están estos policías, los Nazgûls, volando con armas de fuego, puestos de control y soportes en sus bicicletas.

Entramos a los empujones en la casa de campo de Felipe y me estrellé. Esa noche fuimos a la ciudad y creamos casi la misma escena en la discoteca local. Incluso el viejo Jon se liberó, tocando viejas canciones de The Beatles y bailando con todas esas encantadoras y hambrientas mujeres argentinas.

Jon y Jerry se fueron a casa, pero Felipe y yo nos quedamos para seguir charlando un poco más con las damas.

A la mañana siguiente Argentina estaba jugando en las semifinales de la Copa del Mundo y todo en el pueblo era un alboroto. Desafortunadamente o tal vez por el destino, fuimos observados por el jardinero del lugar de Felipe mientras estábamos pateando una pelota de una manera similar al fútbol, sin importar que era una pelota de tenis. Sea lo que sea, se me acalambró un músculo lateral haciendo esto.

Entonces, el jardinero nos preguntó si nos gustaría participar en un pequeño partido de fútbol esa tarde. No tenía nada que decir al respecto, pero tampoco pensé que era un asunto tan grande. Bien, vimos el partido y yo estaba un poco metido en él - lo que es fútbol. Argentina perdió el partido así que volvimos a lo que fuera que estuviéramos haciendo - leer, creo -cuando el casi olvidado jardinero vino preguntando si estábamos listos para ir a jugar al fútbol.

Así que fuimos al campo de juego y, maldita sea, todo el pueblo se había juntado para presenciar el evento. Niños pequeños colgando de los árboles, chicas paradas a lo largo de las líneas laterales, todos los machos del pueblo gritando y alentando.

Pregunté qué estaba pasando aquí, y me dijeron que allí era en donde íbamos a jugar. Parece que íbamos a estar en el equipo de otros extranjeros. Parecía que todo el pueblo pensaba que iban a tener su propia Copa del Mundo allí mismo. Y te digo, la escena no podría haber sido menos intensa si estuviéramos en Munich jugando el último partido de la copa.

Felipe y Jon habían estado en nuestro equipo de fútbol de la escuela secundaria en Viena, el cual no era un mal equipo. Jon estuvo incluso en el equipo universitario de la American University, o la All American, o la Most Valuable Player o algo así. Jerry también había jugado un poco de fútbol americano en la universidad, pero el viejo J.O. no tenía idea de lo que era una pelota de fútbol.

De alguna manera se me asignó el puesto de arquero. Bueno, el equipo rival anotó algunos goles rápidamente. Y esto fue porque que no estaba posicionado correctamente dándoles un ángulo demasiado amplio para patear. Jon me dio algunos consejos rápidos y comencé a tener algunas atajadas, lo que causó que la multitud comience a abuchear mientras que los niños sentados arriba mío en el árbol lanzaban barro, no a mí, pero lo suficientemente cerca como para despertar mi sospecha de que estaban tratando de distraer al arquero de su tarea de detener los goles. Con un poco de consejo de Jon en cuanto a la posición adecuada, me las arreglé para detener algunos tiros. Hubo un momento en el que un contrincante recibió la vieja pelota y la pateó desde una distancia tan corta frente a mí que impactó en mi cabeza. La multitud estalló como si fuera la más grande atajada que habían visto e inmediatamente me convertí en una estrella (aunque en ese momento las únicas estrellas que yo estaba viendo eran las que volaban alrededor de mi cabeza). Nunca antes había sentido como una campana sonando en mi cabeza y espero que, si no vuelvo a jugar al fútbol, esa campana no suene de nuevo.

Aunque mi heroicidad parecía inspirar al equipo y aunque Jerry anotó un gol, nunca pensé que íbamos a ganar. Pero entonces algo extraño comenzó a suceder. Sólo puedo decir que la suerte de principiantes o alguna intervención divina tuvo lugar.

Una situación similar había tenido lugar en La Paz para Jerry y para mí. Mientras esperábamos a Jon nos encontramos con estos tres individuos que habían estado con una expedición británica en el Polo Sur durante dos años y habían pasado el tiempo casi en su totalidad dedicándose a jugar al bridge entre ellos. Bueno, decir que conocían sus jugadas y qué es lo que haría uno y otro durante el juego sería una subestimación colosal. Estaban en su mejor momento y aniquilándonos, cuando de repente el destino intervino y entre nosotros, durante las siguientes siete manos, Jerry y yo nunca tuvimos menos de 10 de las cartas del mismo palo. Los británicos no podían creer cómo nos mantuvimos jugando 7es y 6es y seguían pensando que estábamos engañándolos, por lo que duplicarían y redoblarían sus apuestas.

Bueno, terminamos destruyendo a esos británicos y no lo sabes, comenzamos a hacer lo mismo con la "selección" argentina (o eso es lo que creían de sí mismos). En realidad, eran un grupete de carniceros y granjeros. Hubo algunos disparos potentes, pero hacia el final parecíamos estar en mejor forma. Luego del descanso rápido, el inicio del segundo tiempo fue para Argentina.

Un chileno y yo tuvimos la siguiente estrategia: yo me mantendría con la pelota en mi extremo del campo de juego. Ahora el método adecuado de poner una pelota de nuevo en juego era rodarla o lanzarla y luego ambos equipos lucharían hasta el otro extremo del campo. Así que mientras que la mayoría de los contrincantes estaban en mi extremo, yo estaría con la pelota el tiempo suficiente hasta pasarla a mi compañero, quien luego estaría uno a uno y entonces marcaría un gol (ok - cualquiera que conozca sobre el fútbol ahora está observando con corrección que probablemente estábamos fuera de juego y la verdad es que no había árbitro en este partido. Jugamos y nadie dijo nada). Así que rápidamente comenzamos a marcar goles hasta que finalmente ganamos por un punto. No era el club canadiense, pero compramos cerveza y tuvimos muchas felicitaciones por parte del equipo y la ciudad. Esa noche volvimos a Buenos Aires. Yo, con la cara embarrada y lastimada decidí mantenerme lejos de ese juego todo lo que sea posible en el futuro.

La señora Jolly Luque en una semana iba a viajar a Venezuela, en donde ella estaba saliendo de su jubilación para prestar sus considerables habilidades en edición y traducción a la causa de la Conferencia de las Naciones Unidas sobre la Ley de los Mares. Aunque su hospitalidad era ilimitada, era obvio que ella prefería que nos hayamos ido cuando haya partido. Parecía que ella quería que Felipe vuelva a su vida ordenada. Esa que estaba compuesta principalmente por su trabajo (clases de inglés), su novia Claire, una pequeña parte del linaje británico que bastante bien tenía el viejo Felipe en mano. Felipe y yo lo discutimos más tarde, y aunque sin duda el apareció e hizo todos los intentos, concluimos que era un caso clásico de una enfermedad a la que ambos somos susceptibles y habíamos sufrido muchas veces debido a la incapacidad de sentir el clásico cosquilleo por una chica que siente lo mismo por ti. Como lo decimos "sólo nos enamoramos de aquellos que no nos aman".

La partida de la señora Jolly iba a tener lugar al final

de nuestra tercera semana en Buenos Aires, así que el momento estaba bien para nosotros. Excepto que el Bank of America no había recibido mi dinero. A medida que el día de nuestra partida se acercaba, yo no estaba seguro de poder viajar.

El día antes de irnos, Jerry y yo fuimos a la embajada para tomar lo que resultó ser un intento final e inútil de hacer algunos negocios. Mientras hablábamos con el cónsul comercial, oímos que Perón, la fabulosa figura política del siglo y el único que podía mantener juntas a las diversas facciones políticas de Argentina, estaba enfermo y tal vez muerto. Unas horas más tarde leímos en una cartelera de noticias en el centro de la ciudad que Perón estaba muerto.

Todo se cerró inmediatamente y yo esperaba ver gente llorando en las calles, pero no vi nada de eso. Nada como las escenas de llanto el día en que Roosevelt murió. Todos volvimos a los suburbios, al departamento en donde esperamos, sin saber qué esperar. Argentina es un lugar muy volátil. Uno escucha de violencia más de lo que realmente se ve. Prácticamente no vi violencia, mientras Gary y Marsea sí vieron a un hombre a quien le dispararon en Colombia. Leímos constantemente en el periódico sobre asesinatos políticos y oímos historias sobre disturbios y enfrentamientos violentos entre peronistas de derecha e izquierda.

De alguna manera Perón había logrado regresar del exilio en España. Un anciano, el una vez destituido simpatizante nazi y líder en tiempos de guerra, regresa y tanto la derecha como la izquierda lo reclamaron por su cuenta sintiendo un parentesco especial. Cuando gobernó durante y después de la segunda guerra mundial, Perón había logrado hacer bastante bien su trabajo, pero al mismo tiempo, Argentina había pasado de ser uno de los países más ricos a estancarse. A su regreso, transitó en una ola de aprobación popular realmente gigantesca. Pero él estaba viejo y las fuerzas que buscaron su liderazgo estaban demasiado divididas y muy a menudo dispuestas a ser guiadas a donde sea y por quien sea. No hay razón para que a Argentina le falte nada. Incluso sin alcanzar su potencial de producción exportan trigo y carne. El país tiene una tremenda zona costera, pero, sin embargo, según lo que me enteré en el consulado comercial de los EE. UU., el país casi no tenía una industria pesquera. Vimos llanuras y llanuras de tierra fértil que realmente compiten con el medio oeste (el medio oeste de EE. UU.) en tamaño. Sin embargo, debido a las malas técnicas de producción o a las prácticas de exportación, los alimentos estaban siendo racionados sin que se vea carne vacuna durante meses, siendo el principal producto de exportación. Yo deduciría que esto probablemente se debía a la necesidad de tener materia prima para el comercio de productos procesados. Es normal que los países latinoamericanos intercambien la mayoría de sus principales cultivos provocando que la gente sufra escasez.

Era conmovedor el caso de aquellas personas que se habían dedicado a la siembra y a la cosecha de frijoles en Centroamérica, quienes quedaron al margen y terminaron pagando precios elevados por el elemento básico de su dieta, debido a que gran cantidad de este producto se comercializa a EE. UU. y Europa para que las élites puedan comprar autos y electrodomésticos en los mercados occidentales o, peor aún, pistolas y armas.

Como ya he señalado, Argentina es rica en comparación con sus vecinos del norte. Hay herramientas agrícolas modernas, carreteras, buenos sistemas de transporte y comunicaciones y socialmente hablando, una población con mucha influencia europea. Hay poca o una casi nula de población aborigen.

Al día siguiente me vi obligado a pedirle a la señora Jolly que extienda su hospitalidad una o dos semanas más, ya que mi dinero no había llegado y no había señales de que lo hiciese. En ese momento Jon y Jerry estaban empacando. Para mí fue una situación preocupante, pero la señora Jolly, al ver que los otros estaban yéndose seguros de que yo iba a encontrar un lugar, ella me avisó que podía quedarme un poco más.

Esa noche llevamos a Jon y Jerry al tren. Toda una diferencia entre sus cómodos asientos, lavamanos de baño y sin baches (como aquellos con los que nos topábamos en Bolivia). Mientras los tres estábamos allí con Felipe, sabiendo que, aunque tres de nosotros pronto nos volveríamos a ver, la camaradería se rompió. Argentina pronto sería el fin para Jon y Jerry.

A pesar de esto Jerry salió con estilo. Había una clásica belleza argentina subiendo al tren. Bromeamos al respecto. Felipe diciéndole a Jon que Jerry le haría algo de competencia. Un momento después, Jerry y Jon se encontraron con una mujer de la cual habían tratado de deshacerse durante todo el camino a través de Argentina y Bolivia. El segundo día en el tren, Jerry, Jon y un maestro de escuela pervertido de California estaban pasando un momento en la parte trasera del tren. Jerry, según él lo cuenta, decidió volver a su asiento, cuando aparentemente Linda, la mujer rubia de California estaba buscando tener sexo con alguien y tratando de interesar a Hermie hasta que Jerry fue mencionado por este cerdo. Ella se debió haber sentido muy mal porque Jerry la rechazó.

Jerry se sentó en su asiento mientras que la hermosa chica argentina caminaba hasta que sus miradas se encontraron. Tuvieron una pequeña charla, luego se tomaron las manos y en cinco minutos estaban atrapados abrazándose.

Linda y Jon estaban caminando de regreso y al escucharlo, Linda aparentemente casi pierde el tren al ver que Jerry en poco tiempo se estaba alejando en los brazos de una hermosa chica argentina. No hace falta decir que Jerry tuvo un buen viaje en tren. Aun cuando ambos, él y la chica habían sentido que se amaban el uno al otro - amor a primera vista - la chica se bajó en Córdoba o Jujuy (en uno de esos lugares) pocas horas después de haberse "conocido".

El pobre Jon estaba atascado con Linda. Cuando llegaron a la frontera durante la noche, sólo pudieron encontrar dos camas: una doble y una individual. Resultó ser una broma porque Jerry la rata, tomó la individual y cuando Jon llegó a casa luego de haber bebido un poco, encontró a la vieja Linda esperándolo. Jon se las arregló para conservar su honor y aparentemente Linda nunca lo perdonó. ¡Según Jon, el alcohol demoníaco lo salvó mientras él estuvo desmayado! Y aunque Jon, al igual que yo, no está exactamente en una posición en la que pueda conquistar chicas tan fácilmente, nunca ha tenido un momento de arrepentimiento. Linda viajó con ellos y quería ir con Jon a Cuzco. Los chicos lograron deshacerse de ella en La Paz o tal vez fue en Cochabamba. Como sea, pronto cada uno iba por su propio camino.

Después de que Felipe, Ladybug (su novia) y yo dejamos a Jon y Jerry en el tren, fuimos asaltados en el hotel más caro, o al menos el más lujoso de la ciudad. Habíamos recorrido toda la ciudad buscando un lugar para comer, pero no pudimos encontrar ninguno que no estuviera cerrado con motivo de la muerte de Perón, excepto este lujoso hotel. Bueno, dije que nunca tuve una mala comida en Argentina, pero esta estuvo muy cerca de serlo. Un menú entre pescado y pollo, incluido el postre. Ni siquiera estábamos sentados en el comedor principal, sino más bien en un vestíbulo. También tomé una cerveza. Pensamos que el precio podría ser un poco elevado, pero fuimos sorprendidos con la factura: $30 diez golpes cada uno por la peor comida y atención de Argentina. Para quien vive en este país era el equivalente de una semana de realmente buen comer. Bueno, me reí y dije, deberíamos pagar la mitad y si no les gusta sólo tendríamos que salir corriendo, lo cual no era una buena idea ya que el lugar estaba lleno de policías. Dos huéspedes japoneses también se estaban volviendo locos. Felipe acababa de discutir con el camarero reclamando que nunca nos sirvieron el postre. Ya que el restaurante había permitido que los asiáticos paguen la mitad, finalmente pudimos pagar $15, lo que todavía era un asalto en la ruta.

Pagamos y nos separamos. Felipe estaba enojado consigo mismo por lo que le hizo al camarero. Lo que sea que haya dicho, lo hizo, ya que el camarero terminó pidiéndole a Felipe que no lo amenace. Él sólo estaba teniendo uno de sus ocasionales ataques de "no soy un buen tipo". No era agradable verlo así. Así que mientras volvíamos caminando a casa le hablé sobre apreciar la belleza del momento y sobre ver los aspectos positivos de estar vivo. Supongo que cuando veo que un amigo no está pasando un buen momento sin motivo alguno más que el que inventa en su cabeza, yo recurro a la filosofía del clásico "piensa en el aquí y ahora, mantén tu mente abierta a este momento." El concepto del ser y la nada (en Francés L'étre et le néant) simplemente desactiva esos malos pensamientos que no ayudan a nadie y tampoco resuelven nada. No te deprimas, sólo sé. Por lo que recuerdo, también compartí con él un poco de la antigua "tienes que saber estar abajo para darte cuenta cuando estés arriba". Yo personalmente soy de soportar estar abajo porque me gusta disfrutar cuando estoy arriba. Por lo tanto, prefiero estar en ambos lugares, pero jamás estar en medio en una nube gris de ansiedad. Así está la mayoría de las personas existentes, tropezando en la vida y esperando alguna explosión que los expulse fuera de su triste aturdimiento hacia algún lugar en donde puedan sentir orgasmos y éxtasis a cada segundo, deseando no querer irse nunca y conscientes de todo lo que está sucediendo a su alrededor. Esos momentos son el condimento de la vida para mí, pero incluso si estoy abajo trato de ser consciente de por qué estoy abajo, trato de sentirlo, ser consciente de mi cuerpo, mucho más que todos los zombis que veo en la calle tropezando, mordiendo sus labios, con sus manos tensas, desanimados, ni siquiera siendo conscientes de ello, se sienten atados. Fluye en el momento ya sea que estés arriba o abajo, lo que sea que ocurra, ser consciente de estar ahí.

Nuestro momento filosófico se detuvo y nuestras mentes volvieron en sí cuando vimos a cientos de miles de personas, tal vez mucho más. Una fila que se extendía varias manzanas, tal vez 30 en total. Nunca he visto a tantas personas en un solo lugar. Todos haciendo una fila para acercarse y estar por un momento frente al cuerpo de Perón, el cual sangraba a través de sus fosas nasales. En la televisión se podía ver a una enfermera que estaba allí para limpiar el cuerpo.

Había una multitud de personas de la élite que también se paraban detrás del cadáver durante un breve momento como lo hacía el resto de la gente. Algunos, habiendo esperado de pie por más de un día, pasaban sólo para dar un rápido vistazo a “el patrón”.

Su esposa, quien es ahora la presidenta, golpeó el labio superior del anciano. Pero maldita sea, qué trabajo tan duro ha tenido y todavía tiene que sobrellevar. Conoció a Perón cuando él estaba exiliado en Panamá. El destituido dictador que vagó por el mundo terminó yendo a España con la bailarina de cabaré que ahora es la jefa de estado de uno de los más políticamente explosivos, pero económicamente prometedores países en el mundo. A esto se suma que la anterior esposa de Perón es una santa— Santa Eva. Una proeza difícil de imitar. La Santa Patrona de los Sindicatos, madre de la clase trabajadora. Todavía hay sociedades argentinas enteras dedicadas a continuar con su legado. Buena suerte, Isabel.

Al día siguiente me mudé del departamento de Felipe a lo de un amigo suyo. Pensé que yo estaba siendo amigable. Les ayudé a lijar el piso en el que estaban trabajando y subí a mi habitación donde me dediqué a mi música, y experimenté grabando algunas canciones que había escrito. Algo que ocurrió, sin embargo, creo que el haber sido amigable con la novia del muchacho los preocupó y esto hizo que Felipe venga para que me vaya de ahí. Muy extraño. Entonces me mudé a una pensión en donde la novia estadounidense de Felipe se había quedado. Tuve una estancia agradable durante aproximadamente cinco días hasta que me trasladé nuevamente a lo de Felipe después de que su mamá se fue.

La pasamos bien tocando música y leyendo. Me volví adicto a la obra del escritor Pelham Grenville Wodehouse al punto de leer casi un libro por día. Me quedé otra semana y finalmente después de mucha molestia, fui al Bank of America a buscar mi dinero. Me dijeron que hubo un período de retraso porque no tenían dólares. Hay un próspero mercado negro cuasi legítimo en donde puedes obtener una ventaja de 1 y 2/3 a cambio de tus dólares. Al igual que la tasa oficial es alrededor de 9 pesos el dólar y la tasa del mercado negro es de 15.

Finalmente me decidí por los cheques de viajero que el banco me dio de forma gratuita en compensación por haber estado esperando tanto tiempo. Luego llevé el dinero a una agencia de viajes, cambié alrededor de cien en efectivo, compré un pasaje de avión a Quito, y todo estaba resuelto.

La última noche que estuve allí llevé a Felipe y Claire al lugar más elegante de la ciudad en donde tuvimos una cena con una carne incomparable. Simplemente Increíble. Me costó alrededor de $25, pero habría sido $40 de acuerdo con la tasa oficial. Me encantan los mercados negros. Son lo suficientemente peligrosos para hacer las cosas emocionantes y tú siempre sientes como si estuvieras haciendo un negocio fantástico.

Como cuando estuve en Checoslovaquia, pasé una semana tratando de entender el sistema de cambio de dinero. Parecía que se podía encontrar fácilmente a la gente que cambiaba la moneda occidental hasta 8 veces más alta que la tasa oficial. La regla, sin embargo, era que en tu visa tenías que declarar que habías cambiado 4 dólares por día de acuerdo con la tarifa oficial. En fin, como resultado, pude comprar una chaqueta de cuero que me ha sido de utilidad durante seis años y todavía se mantiene en buen estado. La razón por la que la gente estaba tan ansiosa por intercambiar exorbitantes cantidades de moneda checa a dólares era que los productos occidentales sólo se podían comprar con dinero occidental en las tiendas occidentales. Hubo gente que me ofrecía cantidades exageradas de dinero a cambio de mis jeans.

Cinco años más tarde en Argentina, a través de sus políticas el gobierno volvió a ser responsable de dificultar la obtención de dólares en los bancos debido a una constante oferta/demanda en el mercado. Este es un fenómeno bastante interesante en todo el mundo ya que, a pesar de ser confuso, es a menudo una ventaja para los viajeros occidentales.

CAPÍTULO 6
CONTRABANDISTAS

Sólo me quedaba una semana para encontrarme con Jerry y Jon en Quito, y quería ver un poco más de Argentina, así que después de una triste despedida volé a un pueblo llamado Mendoza, ubicado en un valle cerca de la vertiente oriental de Los Andes argentinos. Llegué a Mendoza y encontré la ciudad llena de turistas. Se trataba de algún feriado nacional ya que me costó encontrar un lugar para hospedarme. Finalmente terminé en una pequeña pensión familiar. Decidí no pasar en soledad los tres días que había organizado estar en la ciudad de Mendoza. Encontré un autobús que iba a la montaña, me desperté a las 5 a.m. y fui a la estación. Mientras esperaba allí en una plataforma oscura, un individuo se detuvo en un taxi cargado con todo tipo de equipaje, incluyendo algunos esquís. Entablamos una conversación sobre esquiar en las montañas argentinas. Se llamaba Nesel. Era un argentino que trabajaba en el mundialmente famoso centro de esquí en Chile al otro lado de la cima, Portillo.

Me informó que tenía la intención de transportar todo su equipo con ayuda de sus amigos por encima del paso.

A medida que conducíamos al amanecer en dirección a las montañas, decidí acompañarlo y él estuvo más que dispuesto a recibir ayuda extra. Lo que sigue a continuación fueron los dos días más aventureros del viaje.

Para el mediodía habíamos viajado hasta donde la carretera se abría y las montañas eran bastante altas. La última ciudad que habíamos pasado fue Punta de Vacas para luego instalarnos en un campamento del ejército. Nesel había ido a buscar ayuda para transportar su equipo a través del primer tramo de la caminata. Cuando me senté allí, en medio de los altos Andes, comencé a sentir el efecto de la extrema altitud. En Perú y en La Paz me había aclimatado al aire enrarecido y era capaz de escalar y correr sin dolor. Pero durante mi tiempo en Buenos Aires me había reajustado al nivel del mar, así que sentado allí comencé a tener mis dudas acerca de si podría atravesar toda esa cantidad de nieve sin estar bien preparado. Pero las montañas se veían tan magníficas y Nesel parecía tan seguro que decidí seguir adelante con la expedición. En ese momento él regresó y me informó que los soldados que iban a ayudarnos se habían ido temprano esa mañana para realizar maniobras. Así que esta fue la primera de tantas veces en las que erróneamente asumí que "eso fue todo". Pero Nesel era del tipo extremadamente determinado. Se fue y regresó una hora más tarde. Había organizado que viajemos en un vehículo con motor diesel 5 kms. hasta el final del camino en donde íbamos a ser recibidos por algunos de sus amigos quienes nos ayudarían a llevar su equipo a Las Cuevas, en donde pasaríamos la noche.

En el momento en que llegamos al final del camino era casi de noche y ya habíamos perdido de vista a sus amigos. Esperamos a un lado de la ruta para intentar verlos. Cuando el sol se puso la temperatura bajó rápidamente. Aunque tenía una prenda de vestir sobre otra, yo todavía me sentía congelado y el clima se estaba tornando aún más frío.

Nesel sacó parte de su equipo extra; un suéter o dos, un chaleco y un cubre boca. El problema era el estar sentado y no hacer nada o moverse.

Al caer la noche comenzamos a mover el equipo a la casa de un obrero, planeando seguir adelante con lo que podíamos llevar. Yo todavía estaba sintiendo el apunamiento. El anciano que vivía allí en medio de la nieve nos ofreció beber mate de coca. Se trata de un té de hierbas (coca) preparado dentro de un recipiente especial, con agua caliente, un poco de azúcar y un sorbete de metal introducido dentro de la mezcla por el que uno succionaría y bebería esta notable medicina elaborada. Tenía un sabor a ramas, pero funcionó con mi problema con la altura.

En el momento en que nos estábamos preparando para partir, los amigos de Nesel vinieron bajando de las montañas. Cinco tipos rudos que nunca había visto. Eran verdaderos hombres de montaña. Nesel dijo que el lugar al que íbamos estaba cinco millas más delante y que deberíamos seguir a través de las sendas. Así que comencé yendo adelante mientras el resto estaba abordando, sabiendo que yo necesitaría la ventaja porque tendría que descansar en el camino.

Avancé sobre el hielo. Sólo se veía un cuarto de luna pero todo parecía brillar y las estrellas parecían tan numerosas que hicieron que el cielo brillara casi igual que la nieve. Era como otro medio, otro entorno que nunca había experimentado antes. Era silencioso y premonitorio con un viento estridente que soplaba a los lados de la cordillera, a través de las sendas y cruzando la nieve.

Los 27 kilos que yo estaba llevando en la espalda, más los esquís de Nesel y mi guitarra atada en la parte superior, hicieron que la carga sea bastante molesta y pesada. Yo estaba bien siempre y cuando me quedara cerca de las sendas, ya que la tierra estaba cubierta y llena de nieve y hielo. Sin embargo, las sendas eran difíciles de transitar y constantemente me desviaba a los costados. Mis rodillas se hundían en la nieve o incluso hasta mi cintura, lo que requería gran esfuerzo para moverme.

En una ocasión las sendas conducían hasta un puente.

Al dar el primer paso hacia adelante, de un momento a otro estaba colgado en el aire sobre un barranco. Me asusté y me quedé ahí hasta que los otros llegaron con las linternas.

Según lo que entendí de Nesel, había que dirigirnos hacia nuestro destino a través de un túnel ubicado más delante. Me quedé pensando en que una vez que lleguemos al túnel que se eleva sobre una gran curva a un lado de la montaña, ya estaríamos justo allí.

El túnel estaba oscuro, pero nos protegió del viento. Con las linternas y las vigas de ferrocarril separadas uniformemente pasamos el tiempo en algunos sectores, aunque luego hubo lugares en donde la cubierta de metal había cedido por el tremendo peso de la nieve. En esas "avalanchas" yo estaba en una tremenda desventaja debido a los esquís sujetos en la parte superior de mi carga y que sólo había un pequeño espacio por el que se podía pasar gateando. En esos momentos tendría que haberme quitado todo, empujarlo a través de ese espacio y gatear detrás.

Al salir del túnel me sorprendieron las estrellas. Nada más claro, ni más libre de contaminación, ni con mayor proximidad a los cielos rara vez le es permitido al hombre.

A medida que pasaban las horas y los kilómetros, yo estaba más cansado. Se volvió una gran carga extra tener que detenerme, quitarme el equipaje, rodear un desvío y seguir. Cuando llegamos a esta avalancha al final de la caminata, el camino estaba casi completamente bloqueado. Nuevas complicaciones. Yo estaba con el grupo principal a punto de preparar mi equipo para acampar afuera. Saqué mi saco de dormir esperando no congelarme. Pero los otros, más experimentados, insistieron en que sigamos adelante.

Encontramos un camino en la parte superior de la avalancha y avanzamos entre la noche estrellada y los vientos. Caminamos un poco más, entramos a otro túnel y aparecimos en Las Cuevas. La última ciudad de Argentina estaba completamente enterrada bajo la nieve: autos, casas, todo. Pero nunca tan feliz de ver un pueblo. Hubiera preferido acampar al aire libre en las hermosas montañas, pero ya estaba listo para detenerme.

Caminamos a través de un túnel excavado hasta la puerta del hotel donde los hombres de la montaña estaban pasando el invierno. Para su gran entretenimiento me derrumbé por completo en un sofá junto al fuego y comencé el largo proceso de descongelamiento. Tomé sopa y me fui directo a la cama.

Por la mañana caminamos hasta la cumbre a través de un túnel de rocas. El túnel era fácil de transitar, y lleno de escarchas de hielo y estalactitas que colgaban del techo. El túnel tenía unos 5 km. de largo, y aproximadamente a mitad de camino Nesel apuntó su linterna a la pared en la señal de la frontera entre Argentina y Chile.

Él dijo que yo debería estar orgulloso o sentirme único, o algo como "muy poca gente ha visto lo que estás viendo." Es cierto, pero lo mejor de la caminata estaba por venir.

Cuando salimos del túnel, Nesel tomó sus esquís, me dijo que siga sus pasos, y esquió hasta Portillo. Me puse a caminar a través del frío resplandeciente, más solo, pero a la vez más cerca de la naturaleza de lo que alguna vez había estado. Era mediodía y en el silencio podía oír el agua goteando en la distancia.

Levanté mi mochila, esta vez mucho más ligera, y comencé a caminar. Fue un momento raro, pero lo aprecié cada segundo, permitiendo a mi mente empaparse de cada detalle. Caminé y bajé por el valle. Cuando el valle se ensanchó, a lo lejos vi entre los irregulares picos, un monte muy similar al Matterhorn. Yo había visto los Andes desde la selva hasta las cimas del desierto, pero nunca estuve tan infinitamente en contacto como lo estuve con estos confines nevados. Caminé el resto del día. Seguí teniendo inconvenientes con las trampas de nieve blanda. De vez en cuando me detenía y simplemente vibraba en el silencio limpio del aire.

Al anochecer, al acercarme al hotel me sentía cansado pero extremadamente elevado y dichoso. A través del túnel final lamentaba el estar dejando mi nevada soledad, pero me consolé con la idea de un baño caliente, comida y esquiar al día siguiente.

Le había preguntado a Nesel si tendría problemas por no tener una visa y me había asegurado de que podría conseguir una en el hotel. Siempre y cuando tenga registrado el control hecho en Argentina, en Chile no habría problemas. Así que fue mala suerte cuando entré marchando a la estación de tren en Portillo, con mi equipaje y un bastón que había encontrado, con el que golpeé a un policía chileno, y además llevaba una pequeña cantidad de marihuana.

CAPÍTULO 7
ENCARCELADO

Era evidente de dónde venía, así que el policía me pidió que le muestre mi pasaporte. Al principio parecía que sería como Nesel dijo. Le expliqué que había entrado caminando desde Argentina y que éste era el primer lugar que había encontrado en Chile, donde había varios oficiales. Fuimos al hotel donde cambié algo de dinero y esperé a que me devuelvan el pasaporte sellado.

Portillo era muy internacional y jet-setista, con gente haciendo arreglos para volar de regreso a Inglaterra y otros lugares lejanos.

Esperé en el vestíbulo a que el policía regresara. Una hora más tarde volvió diciendo que era necesario que yo vaya a Santiago. Estaba sorprendido, le mostré mi boleto y le expliqué que sólo tenía uno o dos días para esquiar antes de volar a Quito, pero fue en vano.

Entonces comencé a sentirme preocupado. Les pedí que me dejaran encontrar a Nesel diciendo que tenía que devolverle su ropa. Lo encontré y subió las escaleras para hablar con el policía que resultó ser su amigo. Me di cuenta de que era mejor para mí ir sólo a una estación de policía en una ciudad minera en el valle - Los Andes, creo que era el nombre. Me las arreglé para darle a el cartucho del rollo para tomar fotos que contenía la hierba. Él estaba más que feliz de recibirlo.

Así que fuimos al fondo de la montaña bajo la nieve, al policía y a mí nos dejaron para que esperemos un ómnibus. Nos estábamos llevando bastante bien hablando de las "lolas", las "chicks" como le dije en inglés.

Hacía frío y el autobús no venía así que comencé a levantar mi pulgar hasta que, para su sorpresa, fuimos recogidos por un individuo en un Land Rover.

En la comisaría las cosas se pusieron tensas por unos minutos. Hice el mejor intento para declarar. Estaban bromeando conmigo. Un policía sostuvo una ametralladora Thomson sobre mí mientras otro sacó su revólver y me dijo que cantara. Me sorprendió, aunque tenía razones para estar sorprendido, y más aún con todas las historias de terror que había oído acerca de Chile.

Tortura y gente desapareciendo de la que nunca más se supo.

Estos tipos eran como los clásicos chicos buenos, como en la escuela secundaria. Luego de que me dieran de comer, un policía comenzó a chupar una lanza de espárragos así que le seguí el juego y le pregunté acerca de sus hijos, lo que provocó que todos terminaran riendo.

El gran policía gordo, el mismo que sostuvo el revólver sobre mí y me dijo "canta", se llamaba Carlos. Seguía tratando de actuar súper rudo a mi alrededor, pero yo sólo le sonreí y actué súper amable.

Sin embargo, estaba un poco asustado ya que ellos teníian esos carteles en la pared con la leyenda "¡Cuidado con los extranjeros!" y una foto de un grupo de gente con pelo largo de los cuales podríamos haber sido mis amigos o yo en cualquier momento de los últimos cinco años. Afortunadamente, me acababa de cortar el pelo y tenía un boleto de avión (de Santiago a Quito) así que supongo que pensaban que era de fiar, o alguien de la C.I.A. con quien no debían interferir, aun teniendo la posibilidad de hacer todo lo que quisieran conmigo. Aparte de esto, lo único que mis conocidos sabían era que yo todavía estaba en Argentina.

Bang, adiós. Jeff desaparece sin dejar rastro.

Chile es un lugar extremadamente paranoico y nervioso, y por una buena razón. Tal como Hegel (filósofo alemán) comprobó, la historia de la sociedad es el cambio. Lo viejo es desafiado por lo nuevo y se combina con el resultado de ser una combinación de los dos. Tesis–Antítesis-Síntesis. Por lo tanto, la historia de cualquier sociedad es una de revolución gradual. Si bien este es un proceso vital, el resultado puede ser perjudicial a corto plazo si la revolución se manifiesta en forma de guerra civil o golpe de estado. Por un momento la nación puede estar siguiendo un curso natural, por ejemplo, el estallido repentino de un cambio inundado de pasión no podrá evitar barrer a personas inocentes hacia un gran número de muertes o a la ruina. Pero el verdadero cambio para la gente es revolución, contrarrevolución y golpe.

Chile es un ejemplo. Mientras los conflictos de Indochina son más violentos y distintos, el resultado aún no se conoce, y si la insurrección debe tener éxito en Camboya, es dudoso que la derecha de la contrarrevolución sea capaz de mantenerse con la misma ferocidad como lo ha hecho el impulso comunista en la obtención del poder. Los países de Indochina, creo, luego de 20 años de guerra continua están muy agotados como para mantener un movimiento popular a la derecha.

Chile, sin embargo, tiene la distinción única, por lo que sé, de ser el único país en la historia actual que durante un período de cuatro años fue derecha-izquierda-derecha. El resultado de esto en términos prácticos es que la izquierda bajo Allende se instaló y estafó a un número de personas para instituir sus cambios (algunos argumentan que no fue suficiente pero Allende representó al único marxista elegido democráticamente en la historia y fue el líder de un partido popular en un país con una fuerte historia democrática).

Es culpado por otros marxistas de no seguir uno de los principios más básicos de ese credo, el cual consiste en que tú te apropias del poder, lo fusionas rápida y brutalmente, y suprimes toda disidencia y por, sobre todo, eliminas el mayor de los temores de un comunista- maoísta o marxista, los contrarrevolucionarios.

Este error no fue cometido por los generales (militares chilenos) quienes, teniendo de testigos a los huéspedes del elegante hotel Sheraton al otro lado de la calle, atacaron el palacio del presidente con aviones de combate y soldados, asesinaron a Allende y completaron exitosamente una contrarrevolución.

Una vez en el poder, los generales comenzaron a estafar a su selecto grupo de personas. Es así como los pobres en Chile, por medio de políticas radicales, terminaron con una economía casi arruinada (con una inflación de +300%) y sus libertades civiles inciertas. No es de extrañar que un año después de la contrarrevuelta, la tensión en el país continuaba.

No estoy seguro del alcance de la participación de la C.I.A y la I.T.T. (International Telephone & Telegraph) en el interés por el cobre durante la contra revuelta, aunque se rumoreó ampliamente que la

C.I.A pagó por una huelga con camiones detenidos y apoyaron en gran medida a las fuerzas anti-Allende.

La política establecida por el gobierno de los Estados Unidos es la de apoyar la estabilidad de gobiernos extranjeros, particularmente los subdesarrollados, ya que se dieron cuenta de que los continuos cambios radicales en un gobierno sólo debilitan el tejido social, es decir, la gente que quiere saber que el fruto de su trabajo no será pisoteado.

Por motivos de estabilidad, el gobierno de los Estados Unidos aparentemente prefiere a los grupos de derecha.

Pero mientras espero ver que la gente del hermoso Chile alcance la seguridad y la prosperidad, también me doy cuenta de que, si ahora están gobernados por la derecha, por la naturaleza de la historia serán arrastrados de nuevo hacia la izquierda. Aunque permitan que el traspaso sea suave y lento, también permitirán que el gobierno de los EE. UU. tenga la sabiduría de ver la inevitabilidad del cambio y utilice cualquier influencia para que ocurra tal cambio gradual. Por eso creo que es lo mejor para la gente.

Después de alimentarme me encerraron en una celda y me dejaron allí toda la noche. El lugar apestaba a orina, pero era mucho más moderno que cualquier otro en el que me haya encontrado en casi todo América del Sur. Me dan lástima los norteamericanos estúpidos que son atrapados por contrabando de droga y tienen que pasar años y años en condiciones infinitamente peores que esta celda. Las ganancias que uno obtiene al comprar cocaína o hierba son tremendas si es que logras introducirlas dentro de los EE. UU. Conocimos a algunas personas que lo estaban haciendo, y mucha gente de aquí me preguntó por qué no lo intenté. Para mi sorpresa, mi equipaje nunca fue revisado a fondo y probablemente podría haberme salido con la mía. Sin embargo, preferiría ser mucho más pobre pero libre antes que pasar cinco años (una sentencia suave) o incluso cinco días en un calabozo latino. Pagaría más del dinero que podría ganar con las drogas para escapar de ese destino.

Por la mañana me dejaron salir de mi celda y me dijeron que iban a cambiarme. Todavía no sabía si iba a ser liberado. El domingo al mediodía, el capitán me llevó unos 30kms más abajo de la montaña a la oficina de un funcionario del gobierno.

Una vez que expliqué mi caso y nuevamente ahí estaba el cartel de "cuidado con los extranjeros". Escribí una carta mientras esperábamos que llegue la oficial encargada de los sellos. Le escribí a mi madre explicando lo que pasó.

[Esta carta causó sensación en Washington cuando mi madre recurrió a sus formidables conexiones gubernamentales, quienes preguntaron al gobierno chileno si yo había sido arrestado.]

La señora encargada de los sellos no vino así que otro oficial selló mi pasaporte y finalmente fui liberado. Dios, se sintió grande, qué alivio. A pesar de que fueron sólo 15 horas en custodia sentí como si hubiera escapado de un horrible destino.

Compré algo de comida e hice dedo a los autos durante un tramo del camino hasta que tomé un autobús de regreso a la estación de policía en donde había pasado la noche. Se estaba haciendo tarde y todavía me faltaba subir a la montaña.

Habiendo sido liberado de la custodia de la ley chilena y teniendo mi pasaporte sellado, para el anochecer había vuelto a la parte inferior de la montaña que conduce a Portillo.

El ómnibus nos dejó a una joven que iba a trabajar al complejo y a mí, a unos cien metros antes de un puesto de control militar. Ambos nos acercamos al puesto ya que era un buen lugar para conseguir que alguien te lleve en su auto. La chica logró subir a un auto rápidamente, lo cual siempre fue una costumbre al hacer dedo en cualquier lugar del mundo.

Mientras esperaba hablé con los soldados. Eran buenos muchachos, interesados en las historias sobre drogas y mujeres. Nos estábamos divirtiendo al marchar y jugar con sus armas, hasta que finalmente consiguieron que alguien me lleve en la parte trasera de un camión, el cual se dirigía a un restaurante ubicado en donde comenzaba la nieve.

Desde allí viajé con una familia que estaba subiendo hasta una parte de la montaña para divertirse en la nieve. Vi muchos vehículos en los que llevaban grandes trozos de hielo en su regreso a Santiago. Un suvenir, supongo.

Al ver que estaba a punto de oscurecer y que no había chances de continuar con mi viaje, en vez de quedar atrapado en la intemperie logré que alguien me llevara de regreso al restaurante.

Allí me hice amigo de una hermosa joven chilena, quien me dijo que conocía a algunas personas al otro lado de la carretera con las que probablemente podría quedarme.

Así que crucé el camino y me encontré con un brasileño junto a su esposa canadiense. Terminé quedándome con ellos en una estación de servicio en la ruta. Gran hospitalidad. Les conté mi historia y estaban sorprendidos.

Todos volvimos al restaurante en donde había otras dos parejas pasando una luna de miel antes de la boda. Todos nos emborrachamos (yo no tanto, pero ellos seguro que sí), toqué música para ellos mientras que una persona demasiado ebria deliraba sobre cómo amaba a su país y lo difícil que había sido en los últimos años. Fue gracioso porque comenzó a hablar de las hermosas mujeres de Chile y cada vez se estaba volviendo más y más loco. Estaba demasiado borracho para darse cuenta. Me acerqué y comencé a hablar con mi hermosa amiga. Ella era bonita, pero yo no tenía el vocabulario o el tiempo para hacer nada al respecto, aunque era obvio que yo le gustaba mucho (o al menos esperaba que sea así).

Por la mañana conseguí que me lleven en un camión del ejército que estaba transportando carne hasta un puesto cerca de Portillo. Como estaba abierta la parte trasera, me cubrí bajo la lona con la carne congelada. Para cuando llegamos a la cima de la montaña yo mismo era un pedazo de carne congelada.

Me informé sobre el alojamiento en el hotel, que era como cualquier gran centro de esquí: caro. Pero al final de la ruta había un pequeño hostal por aproximadamente un tercio del precio, así que fui allí. Me sentí muy cómodo por el propietario que, por lo que pude observar, pasó todo el día emborrachándose con los lugareños, mientras su esposa era quien hacía todo el trabajo. No hace falta decir que parecía un hombre feliz.

Intenté esquiar esa tarde, pero las pistas estaban bastante heladas. No me sentí lo suficientemente seguro como para subir a los senderos más altos y difíciles. No lo pasé bien. Es como si tuviera un obstáculo cada vez que quiero esquiar. Lo intento por uno o dos días, pero vuelvo a donde me siento cómodo y seguro, entonces no lo intento hasta el año siguiente y es ahí cuando tengo que comenzar de nuevo- sin progreso.

Pasé la noche bebiendo y tocando música para los lugareños. De hecho, fue muy agradable.

Al día siguiente tomé el autobús a Santiago. En el camino hacia abajo chocamos con un camión. Cuando finalmente nos desenganchamos tuvimos que ir a la estación de policía más cercana.

¡LO ADIVINASTE! Era el mismo establecimiento en donde había estado preso hace unos días. Bueno, era como volver a casa. Ese gran atún gordo, Carlos, estaba allí tratando de actuar tan duro como siempre. Casi todos en el autobús eran turistas extranjeros así que todos se quedaron en el autobús mientras yo charlaba con los muchachos en la estación.

En el camino a Santiago, escuché muy condescendientemente la charlatanería de los ricos sobre sus tres semanas especiales, lo que ellos consideraban “haber estado” en Machu Picchu, en Buenos Aires. Me había convertido en un increíble presumido al sentirme mucho más iluminado y en contacto que los jetsetters.

Yo estaba sentado al lado de un viejo húngaro expatriado que ahora vivía en Puerto Rico y trabajaba para el gobierno de los Estados Unidos. Su situación era que él quería ver tanto como le fuera posible en el menor tiempo posible. El tiempo es dinero, etc. Pude entender a qué se refería el viejo caballero. Es por eso por lo que quiero hacer todos mis viajes siendo joven. Sin apuros y relajado.

El autobús seguía descomponiéndose y los ricos estaban irritados. A mí me pareció bastante normal. Todos se inquietaban y desperdiciaban toda su energía quejándose. Finalmente, y para su buena suerte, otro minibus vacío pasaba mientras estábamos varados a un lado de la carretera y terminó llevándonos a todos a Santiago.

Mientras mis antiguos compañeros se amontonaban en el Sheraton, me fui de ahí y encontré un lugar más barato y cómodo. Cuando salí para comer encontré un restaurante en el que había buena comida y un trío de músicos tocando y cantando en el lugar. El camarero insistió en que me apure a terminar de comer mi pollo debido al toque de queda. Tuvieron que cerrar el restaurante a las 11 para poder llegar a casa antes de la 1. Cualquiera que era atrapado en la calle después de esa hora sería encarcelado. Santiago era una ciudad con mucho movimiento por lo que el toque de queda fue un duro golpe para su abundante vida nocturna.

Salí por la mañana para ver la ciudad. Pensé que, ya que sólo tenía un día, tomaría un tour de American Express. Así que cuando llegué al Sheraton me enteré de que era demasiado caro. Sin embargo, conseguí un mapa que contenía la ruta del tour y decidí caminar.

El Sheraton estaba en la misma plaza que el palacio

presidencial en donde Allende estuvo por última vez mientras los aviones pasaban volando sobre el Sheraton cargados de bombas. Mientras los tanques circulaban afuera, subí hasta la parte superior para tratar de obtener una vista en el palacio.

Una vez arriba encontré un restaurante solárium muy elegante alrededor de una piscina con vistas perfectas de las ruinas destripadas del palacio. Al ver que la escena era tan cosmopolita y que yo estaba ahí para dar un vistazo a los restos de un fenómeno social, decidí quedarme y desayunar. La comida era cara pero buena y yo estaba bastante hambriento.

Yo fantaseaba sobre la reacción de los ricos jetsetters norteamericanos que un año antes habrían estado sentados allí bebiendo sus martinis en el mismo momento en que los aviones pasaban volando sobre ellos descargando sus bombas en el palacio que estaba abajo. Qué raro.

Le pregunté al camarero y él me describió cómo entraron los jets (una historia, estoy seguro, que habrá contado cientos de veces) y cómo los invitados estuvieron de pie por un momento en completo shock y luego cada uno se lanzó debajo de su mesa. Si bien él me contó sobre unos pocos comensales, en mi imaginación veía una habitación llena de banqueros gordos y damas voluminosas con sombreros grandes corriendo en pánico. Creo que, por un instante, mientras desayunaba, sentí una leve pena por no haber estado cuando todo ocurrió.

Salí del hotel y caminé por la calle principal, O'Higgins o algún nombre irlandés ridículamente inapropiado. Santiago tiene un gran problema de contaminación. A dos cuadras delante de mí pude ver que había un cerro en el centro de la ciudad, es el parque principal. Mientras caminaba hacia ese cerro me topé con un cerro más pequeño en el que fue construido un fuerte o un monasterio, esto último lo supongo. También encontré el museo de arte, cuya colección, en su gran mayoría consistía en antiguos retratos de ancestros españoles, pinturas que no se encuentran entre mis favoritas.

Al retomar el camino hacia el cerro, de repente quedé sorprendido cuando pude dar un vistazo de Los Andes a través de un hueco que se hizo en el smog. Las montañas son grandes y magnificentemente hermosas. Sus altos picos cubiertos de nieve abrazan la ciudad, pero con el océano bordeando al otro lado de la ciudad, se crea una capa de inversión térmica que produce el peor smog que he visto, peor que Los Ángeles o San Francisco, pero luego recordé que no estaba allí para ver si el día estaba despejado, así que hice algo mejor.

Compartí un taxi con unos estudiantes de secundaria norteamericanos que estaban en un programa de intercambio. Nos dirigimos a la cima del gran cerro ubicado en el centro de la ciudad. El pico es todo ajardinado y tiene un funicular que no estaba funcionando en ese momento. En la parte superior está la proverbial figura de Cristo y una vista fantástica de las montañas y la ciudad.

Entre los estudiantes de secundaria había una joven que, en su fantasía adolescente, se encaprichó tanto conmigo que media hora después de haberme conocido me estaba declarando su amor eterno. Si bien era muy halagador me sentí obligado a desalentarla de la idea de abandonar sus clases y salir conmigo. Le dije que me iba a la mañana siguiente. Entonces ella tomó mi mano, la presionó sobre su joven y amplio pecho, y cuando una lágrima se asomó en su ojo y bajó por su rosada mejilla, ella dijo las siguientes palabras: "Amor, no te vayas, no me dejes así."

Sin embargo, ella y yo nos separamos; yo con mucho

gusto y ella con su corazón roto.

Entonces hice lo que creo fue la mejor manera de disfrutar una ciudad en poco tiempo: tomé un micro que en su recorrido de ida y vuelta atravesó desde el bullicioso centro hasta las zonas más humildes, las cuales es muy común ver rodeando ciudades latinoamericanas.

Es a causa de estos barrios que todo gobierno sintió los golpes más obvios de su incapacidad para proporcionar un bienestar a la economía nacional. La mayoría de los países latinoamericanos son lo suficientemente ricos como para sustentarse a sí mismos y a todos sus habitantes para que prosperen. Pero los intereses del pasado, la disposición de proteger sólo el interés de los ricos y el desperdicio del capital en armas y lujos importados de países industrializados, dejan a los gobiernos afectados e incapaces de hacer frente a las necesidades de la población. Ya que lo único que se aproxima a la prosperidad se encuentra en las grandes ciudades, el rebaño pobre vive allí padeciendo horribles miserias. Sin embargo, se quedan - lustrando zapatos, vendiendo tacos, cometiendo crímenes menores. Cualquier hogar próspero se termina convirtiendo en una fortaleza con muros altos y con vidrios rotos en su parte superior.

[He decidido escribir una novela, la cual vas a encontrar unas páginas más adelante, así que adiós lector. Aquí hay una sinopsis del resto del viaje.]

Volé a Ecuador, me encontré con Jon y Jerry en Quito y viajamos de regreso por tierra a nuestro buen EE. UU. Fui reconocido por una chica en la oficina de American Express que había ido a mi escuela secundaria en AIS. Fuimos a Colombia.

Casi detenidos (fusilados) por la policía en Bogotá. [Aquí, voy a desviarme de mi regla de no inyectar mis 38 años de recuerdos en este libro, ya que los relatos sobre Bogotá se han repetido muchas veces y creo que conservo suficiente memoria de los detalles para hacerles justicia.]

Fue la noche en que Richard Nixon renunció. Estábamos cruzando un parque en el camino a la embajada de EE. UU. para ver su discurso de renuncia. En el camino, nos escondimos detrás de una fila de arbustos que bordean una cancha de tenis para fumar un porro.

Estaba sacando a Jerry y a Jon fuera de los arbustos cuando vi parado delante de mí a un policía uniformado, apuntando a mi pecho con su pistola.

Probablemente sintió el olor la hierba en nosotros, pero afortunadamente ya habíamos consumido lo que teníamos.

En ese momento de nuestro viaje estábamos vestidos con varias prendas de ropa que habíamos recogido en el camino, incluyendo un muy colorido poncho ecuatoriano que yo tenía puesto - fácilmente identificados como gringos viajeros y objetivos fáciles para ser golpeados por la policía. Jerry y yo fuimos atrapados más tarde por un policía en un tren en México. Habíamos fumado un porro en un vagón con las ventanas abiertas, lo que brillantemente para nosotros, permitió que el olor se expandiera a los otros vagones en el tren. La mayoría de los policías que nos molestaron durante el viaje no lo hacían por la droga, sino por la posibilidad de obtener una gran multa de nosotros a cambio de no ser arrestados: nosotros elegíamos.

El policía colombiano nos revisó y encontró una botella de gas pimienta que yo tenía en el bolsillo. Estuve a punto de decirle que era perfume con la intención de que se rocíe a sí mismo, pero con él apuntándome con un arma pensé que no era una gran idea y le advertí que no lo haga.

Al final, gracias al viejo y creíble pasaporte diplomático de J.K., pudimos irnos pero no sin antes haber entregado lo que teníamos, incluyendo el cuchillo del ejército suizo de

J.K.

La historia se puso divertida cuando, siendo unos idiotas, sentimos que debíamos avisar a la policía quién había robado el cuchillo de J.K., así que fuimos a la estación a la mañana siguiente. Presentamos el Pasaporte diplomático de Jon y pedimos hablar con el capitán.

Cuando escuchó nuestra historia, alineó a todos los policías en un patio y nos pidió que identifiquemos al culpable que nos había robado.

Todos estos cerdos obviamente estaban enojados por estar siendo alineados en el patio de la estación de policía y ver que su presa habitual, los gringos hippies, se convirtieron en sus cazadores. Jerry y yo lo estábamos disfrutando. Nos acercábamos uno por uno, rodeándolos, examinándolos detenidamente, mirándolos a sus caras, luego caminábamos unos pasos, girábamos y volvíamos a examinarlos hasta que no pudimos aguantar más y todo se convirtió en una broma. Incluso los policías se reían de nuestra actuación.

No hace falta decir que no recuperamos nuestras cosas, pero al menos salimos enteros de Colombia.

Entonces, los aspectos más destacados del resto del viaje incluyen:

Acampamos en un lugar parecido al bosque de cocoteros en la costa caribeña de Colombia. (Con un joven de West Virginia que esperaba ser llevado a la región de cultivo de marihuana, con la esperanza de hacer un gran negocio).

Fuimos a una isla (San Andrés).

Costa Rica: mujeres hermosas.

Guatemala: ropa hermosa, comida barata. Fuimos a Tikal—ruinas increíbles.

Seis meses después de irme, regresé a Santa Bárbara para encontrar a mi padre aún vivo. Iba a vivir otro año. Lamento no haberle mostrado este libro a pesar de que él estuvo conmigo cuando lo escribí. Fue el creador del concepto de los Cuerpos de Paz y escribió las propuestas al congresista Henry Reuss y al senador Hubert Humphrey, lo cual dio lugar a la legislación que fundó los Cuerpos de Paz. Él valoró mis observaciones y mi educación desde la niñez.

Seis meses luego de partir, retorno a Santa Bárbara en un poncho peruano.

Libertad
Pura Libertad

Jeffrey Marcus Oshins

JK en dashiki

01

Habían pasado treinta años desde que Bob Gete había llegado a Washington para trabajar como interno durante los días del Nuevo Acuerdo. Bob había ayudado a esbozar el Plan Marshall y otros programas incluyendo el que él mismo había propuesto y desarrollado, los Cuerpos de Paz. Habiendo hecho su carrera como un oficial de la Agencia de Desarrollo Internacional, Bob tenía una teoría simplista que era en realidad, la necesidad curiosa de experimentar lo que sólo los recién retirados de una distinguida carrera se podían permitir.

Mientras se adentraba al cavernoso lobby y pasaba al lado de los gráficos y tableros que continuamente barajaban estadísticas de nacimientos y muertes, formulaba su presentación al secretario.

Fue idea de Bob que, por el precio actual de una guerra a pequeña escala, cada miembro del país en conflicto podría enriquecerse.

"Vietnam", le dijo al secretario, "estaba llegando a costarnos un billón por semana en un momento". Diablos, hubiera sido más barato para nosotros construir un piso en Iowa para cada familia del Norte y Sur de Vietnam. Eso al menos hubiese sido beneficioso para la Industria de viviendas."

"Bob, si no te tuviera la más alta estima por tus logros," murmuró el secretario.

"No estoy diciendo que lo llevemos a cabo." Ambos se reían ante la idea de tener a la guerrilla Vietcong pidiendo que le lleven una pizza a su apartamento.

"Sin embargo, ¿Qué es lo que hemos estado queriendo conseguir en nuestros programas A.I.D? Siempre hemos encarado el problema desde un solo ángulo. Proveemos asistencia con la esperanza de que aquellos que la reciben puedan desarrollarse."

"¿Desarrollar qué?"

"Lo que primero quieren es un auto, carreteras y un centro comercial. Sugiero que intentemos desde otro lado. En las Tropas de Paz hemos tenido resultados muy interesantes con nuestros niños volviendo con una mayor templanza y claridad acerca de dónde desean que sus propias culturas vayan. Hay que admitir que a menudo encuentran que nuestros valores son defectuosos. Pero lo que es importante es que parte de nuestra clase media fue llevada hacia una perspectiva mundial y salió de Iowa. Es esta inteligencia y experiencia entre la población general lo que apoyará el gobierno democrático en un mundo mutuamente dependiente."

"Está bien, Bob, puedes guardarte la elocuencia para el Comité de la Casa."

Bob se sonrió al darse cuenta de que había estado agitando su dedo en el aire y articulando en su mejor postura de discurso.

"¿Entonces qué propones, Bob? No, déjame adivinar, quieres que vayamos y construyamos centros comerciales en todo el mundo."

Bob pensó, arrogante hijo de perra. "No, quiero desarrollar un proyecto para que sean una especie de Tropas de Paz a la inversa. Traemos algunos tercermundistas a los EE. UU por dos años para que luego puedan volver y contar a todos entre su población sobre cómo somos. No sé si lo has notado, pero cada movimiento popular en los últimos 20 años ha sido significativamente antiamericano. Son las elites quienes siempre se levantan a defendernos, ¿Y por qué? Porque muchos de ellos han estado aquí de visita o en la escuela y se han dado cuenta de la loca mezcla de cosas que es este país. Encender la TV y ponerse a cambiar canales en una tarde de domingo hace maravillas a la hora de aliviar sensaciones de conspiraciones y paranoia. También creo que es crucialmente importante en estos tiempos para que (me disculparás la expresión) las "masas del mundo" dejen de pensar en todos nosotros como hombres que caminan en la luna y mujeres que viven en pent-houses con apuestos pretendientes. ¿Alguna vez has ido a ver una película en Latinoamérica? Es una forma muy popular de entretenimiento, todas películas americanas clase B. Dios mío, la opinión popular de un americano es que es alguien que no puede caminar por la calle sin entrar en una pelea, enamorarse o ver un marciano."

Sus gestos eran forzados, recalcando sus argumentos con sonrisas y miradas reafirmantes para asegurarse que el secretario Stanley estaba escuchándolo. Él irradiaba armonía, cuerpo y mente vibrando en la misma frecuencia. Y el secretario encontró imposible no estar interesado en su argumento, no era por lo que decía propiamente, era por su estilo. Stanley había aprendido hacía mucho tiempo en el Equipo de Debate Choate de respetar aquellos puntos forenses que más brillaban y resaltaban como electricidad mientras fluían. Si Gete hubiera entrado con un patético memorándum, salivando mientras gritaba, él lo hubiera rechazado de inmediato. Entonces fue que se encontró a sí mismo discutiendo sobre cómo la Agencia de Información de los EE. UU. había gastado billones para explicar las formas de vida americanas pero que, a grandes rasgos, no había logrado llegar a la mayoría de las personas en el país.

El secretario había conseguido, tras una acertada contribución, un título de embajador. Él se había reunido con Gete mientras hacía las veces de anfitrión en lo que fue una distinguida y productiva gira en Zaire. El hecho de que se había desempeñado tan hábilmente logró que sea removido de las filas de los apuntados políticos poco nobles a uno respetado por los profesionales y eventualmente por su propio gabinete. Respetaba a Bob y tenía una pequeña sensación de que era por mucho, superior a él intelectualmente. Pero su ego, condicionado por escuelas privadas y templado por sus honestos logros, hizo que comience a hablar de la idea con algunos cambios menores, como si hubiese sido suya desde el principio.

Mientras Bob dejaba la oficina para ir a almorzar con un Senador superior a quien en una oportunidad asistió en las complejidades de asuntos exteriores, recordó la advertencia que un viejo mentor le había dado: un nuevo programa no es igual a un bebé. Es crucial que la propuesta tenga tantos padres como fuera creíble. Dejemos que Humphrey se adueñe de la idea para las Tropas de Paz y los otros proclamen que fue suya. Gete obtuvo su satisfacción de los resultados. Él era reconocido y respetado lo suficiente como para obtener acceso a todas las puertas indicadas. Ciertamente sucedía más a menudo que los famosos y poderosos lo buscaban a él por consejos. Gete atesoraba y protegía su anonimato. Él consideraba las luces de la TV y el reconocimiento en la calle una clara desventaja. Estaba más que feliz conformándose en lo que su privacidad le permitía. La falta de competencia por la luz de las cámaras con aquellos que deseaban ser reconocidos, sus nombres en una ley, acotó Getz, como su mentor Averell Harriman había dicho, era plantar la semilla de un programa con el toque de un fantasma y la chispa de una musa.

Emergiendo del taxi en frente del viejo edificio del Senado, pensó en sus más preciados sucesos y luego de la misma debacle. Se balanceaban una cosa con la otra, pensaba.

Era este balance lo que había buscado durante toda su vida; el significante dorado. Era el mismo equilibrio que ayudaba a traer al mundo, no el ideal comunista, cuan aburrido sería si todos tuvieran lo mismo. No, permitamos que haya pobres y ricos, rápidos y lentos. Pero no en tanta desproporción como existía hoy. Si un mundo de…

"el Senador Steeple desea verlo ahora, Sr. Gete."

* * *

"Frank, lo que queremos obtener es lo original." Gete se dirigió al senador. "Como bien sabe, las Fuerzas de Paz fueron bastante exitosas en sus primeros intentos de sobrepasar la asociación elite- a-elite que todavía persiste."

"Te refieres," el senador agregó, "¿Los graduados de la Ivy League juntándose en embajadas y pensando que representan sus respectivos países?"

"Exacto," Gete le instó a que continúe. Él nunca estaba seguro de si el senador era más bien el hábil estudiante o más bien un maestro del arte político de parecer estar de acuerdo con tus creencias principales. Gete decidió que era innatamente una persona que aprendía, una cualidad inconmensurable en aquellos que lideran. Eso y que sus habilidades políticas estaban creciendo.

"Así que tomamos a los no-elites de allí abajo y los subimos para exponerlos a una vida desarrollada." Gete se estremeció ante la palabra "desarrollada". Él había visto a oficiales gubernamentales pasar uno tras otro, desperdiciando cualquier chance de establecer una conexión con representantes tercermundistas mediante el uso de la palabra subdesarrollado. Por supuesto que la mayor parte del tiempo, esos representantes eran instruidos en una universidad americana y estaban convencidos de que su tierra natal era de tercera clase. Y preferían, antes que desarrollar hermosos lugares en su propio país, invariablemente, pensaba

Gete, derrochar su dinero en el Fontainebleau en Miami Beach o en los casinos de Monte Carlo.

"Pienso que es una excelente idea Bob e intentaré escribir los fundamentos en el próximo paquete de ayuda extranjera".

Está bien por ahora, pensó Bob, pero sería mejor luego. Gete sabía perfectamente que estaba hablando con el próximo presidente de los Estados Unidos, no le sorprendería cuando dos años más tarde las Fuerzas Persona-a-Persona fueran uno de los aspectos más aclamados de la plataforma en la que Steeple se postuló a la presidencia satisfactoriamente.

02

En una estrecha franja de arena situada entre el Océano Pacífico en el oeste y la inmensa Cordillera de los Andes en el este, yacía un pequeño tramo de desolación. El clima en este punto es particularmente extraño e implacable, debido totalmente al pleito entre el océano y las corrientes de aire. La corriente de Humboldt que sopla hacia el norte de la Antártida pincela la costa con una ancha capa de agua helada. A las anchoas les encanta este encantador ambiente y migran allí regularmente, como si se tratara de neoyorquinos viajando a Florida. Los vientos sureños que prevalecen son enfriados en su curso por la corriente que los lleva lejos de la orilla. Tras llegar a la orilla, el aire se calienta, incrementando su nivel de humedad y evapora el agua de la franja costera en vez de depositarla allí. El aire debe ser enfriado en la altitud de los Andes antes de que la humedad recogida en la costa sea liberada. La atmósfera costera suele ser húmeda y a menudo neblinosa, pero sin lluvias. En los meses invernales de julio y agosto la humedad puede llegar al punto en que el aire se vuelve brumoso y las superficies pavimentadas brillan con una relativa humedad. Esto permite que aparezca una planta aérea ocasional llamada epífita.

La costa es un desierto. Atravesándola, hay unos 52 ríos arroyos. Debido a la falta de lluvia, toda la agricultura es llevada a cabo mediante el uso de irrigación. Esto siempre ha sido así.

Dick Keating condujo el auto de la misión A.I.D al sur de Trujillo a través de Moche, salió del valle y entró al desierto costero. Estaba yendo a recoger a un individuo llamado Birú Pizango para llevarlo a Lima.

Una vez en Lima, Birú pasaría por un programa de entrenamiento de seis semanas y luego sería llevado a los Estados Unidos como uno de los primeros miembros iniciados de los Cuerpos de Paz Opuestos. No era la primera vez que Keating hacía este viaje. El camino de dos carriles se estiraba frente a él como un cordón de calado, pesado y negro, doblándose y contorneando las dunas de arena y los pedregosos barrancos. En ciertos puntos el desierto se movía hacia el noroeste invadiendo el negro carril, cubriéndolo con una arena de tonos grises y dorados. Una mata ocasional de césped oscuro y espinoso luchaba por soportar toda la arena y grava. Tres dunas de arena enormes marchaban como gigantes mastodontes del mar. Mientras conducía tras los picos claroscuros que surgían repentinamente de la arena, notó que el panorama lunar le daba una hermosa vista para conducir, ¿pero viviría allí? ¿Cómo alguien podría hacerlo?

De repente por encima de una elevación, el valle Viru yacía frente a él. Su verde silueta estaba claramente dibujada por una fosa de irrigación, arena por un lado y plantas verdes en el otro. Cabañas frágiles hechas de caña y arcilla constituían los hogares de los campesinos. Era de uno de estos barrios de los que Birú provenía. Cuando el programa fue anunciado, al principio la burguesía local asumió inmediatamente que sería uno de los hijos o hijas quienes viajarían a los Estados Unidos. La hija del director del Banco de la Nación, Magalay Mojica, había ido a la secundaria en los EE. UU. por un año y ahora asistía a la Universidad Católica de Lima. Ciertamente había mucho murmullo en la ciudad, mayormente por los dueños de las haciendas que obtendrían acceso a esta gran aventura que los llevaría a obtener mejores cosas en su vida.

El señor Vaati, dueño de la hacienda el Trujillo, tenía una buena razón para creer que su hijo Manuel sería el elegido. Después de todo, él tenía un hermano en la oficina de asuntos exteriores y un primo en San Francisco, aunque nunca había conocido al muchacho. Fue Manuel quien le contó sobre el programa. Él lo había oído de un gringo de las Tropas de Paz que había llegado para darles medicinas a los campesinos. "Esto dejará de suceder pronto, jeje," pensó. No era medicina lo que les daba, sino pastillas anticonceptivas. No más Madre Dios. Aunque él no estaba seguro sobre este asunto de los anticonceptivos, la iglesia estaba en contra, por lo tanto, era algo malo. Pero las mamás ya no estaban siempre embarazadas y podían cuidar mejor a los otros niños, por lo cual sobrevivían más aún. Don Vaati estaba seguro de que había menos bebés ahora, lo que significaba menos campesinos para trabajar la tierra en los años venideros. Se prometió a sí mismo hablar con el sacerdote mañana.

Manuel llegó caminando y le contó unas noticias increíbles. El gringo había ido a hablar con la familia de Birú Pizango y ahora Pizango se había emborrachado con chicha, diciendo que su hijo iba a ir a los Estados Unidos y que pronto toda su familia sería rica.

"¡Hijo de puta!" exclamó Vaati tras oír las noticias. "¿Tú crees que solo está borracho?" le preguntó a su hijo.

"Dice que un hombre va a venir hoy, un gringo va a ir con Birú para guiarlo," Manuel respondió. "Birú ha estado trabajando el terreno como siempre."

"¡Tráiganme a este campesino! No tiene dinero para dejar aquí. Él debe quedarse y trabajar. Chica de madre," murmuró y volvió a la casa. Era un hombre moreno, ancho de espalda. Se veía a sí mismo como un rey que, de alguna forma, lo era. La hacienda era casi autosuficiente y aquellos que vivían y trabajaban la tierra lo hacían por la gracia de su palabra. Pero había visto cómo las cosas habían cambiado a lo largo de su vida, con o sin presión. Una vez su padre había sido dueño de todo el valle y el abuelo de su padre había sido el heredero de la mitad del norte de Perú.

Su ancestro, el conquistador Vaati, había sido miembro de una pandilla de corta cuellos que tuvieron la suerte de estar en el lugar correcto, en el momento correcto, cuando dos hermanos incas atacaron una riña. El proveniente de Quito les dijo a los españoles cómo llegar a Cuzco, así que arrasaron camino hacia allá para luego volver y terminar con Quito. Algunos historiadores a menudo se han preguntado cómo sucedió que un gentío de viajeros pudiera desolar un poderoso reino que se había sostenido por siglos. Unos años atrás, descubrieron unas momias y que había sido por gonorrea, gripe común sumado a la llana sorpresa de ver hombres montados en caballos ataviados con armaduras y llevando cosas en pequeños carros. Verán, los Incas no fueron los que inventaron la rueda, ya que eran mayormente, habitantes de las montañas. Aun así, eran capaces de mover grandes masas de roca cortadas por kilómetros sobre las montañas, luego encajarlas juntas para formar poderosas estructuras. Es un secreto que se mantiene hasta el día de hoy. El heredero de esta gran conquista se acercó al pórtico a confrontar al heredero del conquistado.

El joven mantenía silencio frente a él. Aunque ya había crecido, era corto de estatura, de piel bronceada con su cabello negro y lacio.

"Ey, calabaza, idiota, contéstame."

El joven le devolvió la mirada con la misma amistosa mirada en blanco que era tan común entre los suyos.

"Esto no tiene sentido" pensó Vaati y decidió cambiar su tacto. "Muy bien muchachito, yo te conozco desde que eras un niño, ¿sí? Y tu familia ha trabajado estas tierras por mi familia desde los tiempos de nuestros abuelos, ¿¿sí?? Yo soy tu patrón. Así que dime lo que has estado hablando con la gringa"

"Si, señor," el joven respondió con su mirada fija.

"¿Cómo llegaste a conocerla?"

"La escuela," contestó vacilantemente el joven.

Qué bacán, esa maldita escuela. Él había intentado detener su construcción. Los gringos habían venido con dinero, construyeron una escuela y ahora el gobierno enviaba maestros. Enseñándole a las calabazas a leer era como enseñarle a volar a los cerdos, él había dicho esto una vez estando ebrio. Le gustó tanto la frase que la había utilizado muchas veces desde entonces, siempre condenando a la escuela al mismísimo Hades cuando era determinante al respecto. Ciertamente, la mera mención de la escuela lo llevaba hacia un soliloquio que terminaba cinco minutos más tarde con la humilde choza Quonset siendo arrojada a los fuegos del infierno.

El joven, quien ya de por sí estaba intimidado, se había quedado mudo y se volvió lentamente al campo. Amaba la escuela y se levantaba temprano en la mañana para tener suficiente tiempo de estudiar con sus libros. Como fuera, solo tenía unas pocas horas a la semana para aprender allí. Pero últimamente la gringa, Nancy, había pasado tiempo enseñándole inglés. Muchas veces en el cine había visto películas de los Estados Unidos e imaginado con ir ahí. La idea parecía irreal. Los hombres con sus armas y otras imágenes en la pantalla de autos y calles atestadas llenaban su cabeza. Tenía miedo de ir realmente y ahora la idea de dejar a su familia, lo convencía de no querer abandonar su hogar en un futuro cercano.

Se sentía aliviado por sus propias garantías y se reía de sí mismo sobre cómo les diría a sus campaneros la historia de Don Vaati hablando de la escuela. Abría ampliamente sus ojos, se reía e hinchaba sus mejillas, moviendo su papada en una acertada, pero poco halagadora imitación de don Vaati. ¿El hombre está loco, ¿no?

Su corazón se aliviaba y sus ojos se llenaban con los familiares alrededores de la hacienda. Era como si estuviera viéndola de una nueva manera. Como cuando pensó que había perdido su sachet favorito de fibras tejidas y terminó encontrándolo nuevamente. Ahora lo guardaba con mucho más cuidado. Pero su naciente felicidad se vería interrumpida tras rodear el maizal pasando la choza de su familia y ver un gran auto gringo estacionado en el camino de tierra, a casi un kilómetro de la casa. Presintió lo que aquello significaba y se volteó con un repentino pánico. Pero mientras corría por el camino a través de los cultivos, se topó con su padre, quien acarreaba un burro cargado con madera talada, una carga muy valiosa en el desierto.

"Venga Birú, mira, el gringo está aquí. Mi hijo, mi hijo, estoy tan orgulloso de ti. Tú, mi pequeño Birú, ¡ahora te irás y aprenderás cómo ser rico!"

"Papá", musitó Birú, "no quiero ir." Empezó a llorar.

"Madre de Dios," el padre suspiró, sosteniendo a su tembloroso hijo entre sus brazos. "Birú, Birú, mi hijo, vivimos como los cerdos, no tenemos nada. Tú puedes cambiar esto. Solo tú. Nada mejorará. Tu madre está tan orgullosa. Yo, yo no estoy feliz de verte ir pero Birú mi hijo, debes hacerlo. Debes hacerlo."

Tomó a su hijo del hombro y caminaron juntos de vuelta a la choza. Allí, frente a la casucha de madera y hojalata, estaba su madre cerca de la fogata, cocinando chifles para vender en el mercado. Su bebé más pequeño estaba envuelto en su espalda con una vieja tela. Sus hermanos y hermanas jugaban en la tierra. Un delgado perro ladraba mientras su hermano más pequeño le tiraba unas rocas. Las gallinas se desparramaban cada vez que el perro corría en medio de ellas. Y allí en la pared lateral, se encontraba la gringa Nancy y otro gringo a quien nunca había visto.

Jolly trepado a un árbol

03

Dick Keating dio una pitada a su cigarro colombiano y condujo pasando las grandes dunas negras hacia el Valle Viru, que se alargaba como un campo de golf de unos 30 kilómetros. Se rio de sí mismo, solo los parches de hierba estaban rodeados por trazas de arena. El valle se extendía desde un extremo angosto sobre las montañas hasta las anchas playas que rodeaban el mar. Mientras Keating conducía por la playa, las olas parecían venir desde una extraña dirección. Sus viejos instintos de surfing emergieron y entonces notó que efectivamente rompían con el oleaje proveniente del sur. Sintió aquel viejo instinto de salirse del camino, ponerse su traje de neopreno, agarrar su tabla y comenzar a remar hacia el oleaje de 2.500 metros como solía hacerlo cuando volvía a casa desde Santa Bárbara allí en el norte. Su mente volvía a los viajes al Rancho Hollister y deteniéndose para encontrar un buen lugar en Gaviota o El Cap.

Mientras la ciudad de Viru se hacía visible, pasó por una pequeña sección de la playa donde un parejo oleaje rompía en la costa. Calculó que no podría surfear. Tendría que ir corriente abajo desde esa ciudad con toda su mierda. Estaría esquivando excremento por ahí, pensó riendo.

Las calles de la ciudad eran de piedra con algunos, solo uno o dos, edificios costeando un mercado permanente usado por pequeños propietarios quienes cultivaban en las parcelas de los terrenos circundantes. Muchos de ellos vivían en la ciudad en dos barrios residenciales. En el centro de la ciudad estaba la iglesia proverbial, la plaza y el centro de operaciones del partido político dominante.

Keating estacionó el auto y entró a un pequeño almacén que también hacía de restaurante. El piso era de tierra y el techo era tan bajo, que tenía que agachar su larguirucho cuerpo para evitar rasparse la cabeza como ya había hecho algunas veces antes para entretenimiento de los nativos liliputienses. En una esquina había una cocina atendida por una gorda mujer indígena vestida con unos hermosos atavíos tejidos que parecían ser tan comunes, y aun así distintivos. Probablemente habían estado con ella por mucho tiempo, juzgando el desgaste que se veía a simple vista. Otra versión joven de la cocinera indígena apareció y tomó su orden de huevos y arroz más una gaseosa. La señorita volvió pronto con la comida y una bebida rosa llamada inca cola.

"No quiero esta mierda," pensó. "¿No tienes coca cola?"

"No señor."

"¡Mierda esta cosa es rara!" exclamó un poco fuerte. "Sabe a goma de mascar Bazooka líquida." La había probado antes y una vez había sido suficiente. "Tráigame una cerveza, por favor."

"¿Qué?" preguntó ella, dándole esa mirada en blanco reservada para los gringos y otros extranjeros que hacen cosas incomprensibles como ordenar una gaseosa y luego pedir que le traigan una cerveza.

"Yo no tomo esta gaseosa, no me gusta Inca cola."

Nuevamente esa mirada cuestionándolo, pero en esta oportunidad humildemente se llevó la cola de nuevo a la cocina.

Notó que la gaseosa había sido parcialmente abierta para él. Se sintió mal y consideró pedirle que se la deje pero luego supuso que eso la confundiría aun más. "Dejaré una gran propina para cubrir el precio de la cola", pensó.

Mientras estaba sentado esperando que llegue su comida vio una niña gringa acercarse caminando por la calle.

Aunque no había llegado al punto de considerar a la belleza india en su propia luz, el ver una mujer norteamericana u europea siempre llevaba sus pensamientos al presente y los enfocaba, al menos momentáneamente, en esa peculiar mezcla de deseo y crítica que últimamente volaba alrededor de su conciencia, la cual todavía no había desarrollado por las mujeres indígenas. Particularmente en este momento se sobresaltó al darse cuenta primero que la mujer era una gringa, segundo que era negra y tercero que la conocía. "Nancy," la llamó mientras entraba por la puerta.

"Dick, no te esperaba hasta mañana."

"Si, terminé pronto en Tumbes y vine para aquí, odio ese lugar"

"Si, no te culpo." Ella intentó parecer feliz de verlo, pero la verdad era, si él pudiera notarlo, que ella estaba molesta con él profesionalmente debido a la continua rivalidad entre los Cuerpos de Paz y el programa A.I.D. "Nos rompemos el culo en el campo mientras la gente del A.I.D se sienta en oficinas a preocuparse por sus carreras." Personalmente, ella consideraba a Keating un poco pesado. Ya lo había visto en Lima en la embajada llevando el abrigo estándar de la embajada con corbata y un estirado decoro. Ahora, sin embargo, parecía transformado sencillamente por estar vestido en jeans y botas de escalar. Aunque prefería este comportamiento de campo al profesional de la embajada, todavía consideraba su actitud hacia el proyecto un poco condescendiente y muy "somos los profesionales norteamericanos y vamos a resolver tus problemas." Hay una diferencia cuando trabajas directamente con personas. No los consideras como "proyectos". Ella ya no se sentía amenazada o asqueada por él como los "ancianos hombres del estado" que usualmente estaban asociados con A.I.D y el departamento de estado. Él se había convertido para ella en un amigo que había perdido su rumbo, alguien a quien convencer de los errores de sus formas.

Mientras salían de la ciudad en la camioneta de los Cuerpos de Paz, intentó darle una breve sinopsis de sus experiencias acumuladas durante su año y medio trabajando dentro y alrededor del valle. Debido a que estaba intentando convencerlo, sus comentarios parecían sacados de una editorial. Keating encontraba su relato refrescante tras haber tenido que lidiar tanto con la precisión fáctica de los incesantes reportes que llegaban a su escritorio en Lima. Estaba emocionado de estar en el campo, y de estar lejos de aquel tímido semblante que tenía que utilizar mientras estaba trabajando. Él hacía su trabajo eficientemente, pero era un rol al que todavía no se había acostumbrado. Estar fuera en el campo con esta muchacha estimulaba un lado de su personalidad que era más familiar y confiado.

"La mayor parte de la gente de esta área son sirvientes, o no mucho más que eso."

"¿Eres una revolucionaria?" preguntó él irónicamente. Actuaba como antagonista solo porque sí, aunque básicamente concordaba con ella.

"Puedes apostar que sí", respondió ella.

"Mira a Chile," replicó él, "han sufrido más por la revolución de lo que recuperarán en cinco años."

"Nunca hubo una revolución" replicó ella. "La única verdadera revolución en Latinoamérica fue en Cuba. Estos golpes y contragolpes son pavadas, solo un intercambio de poder entre varias facciones militares y económicas. Pavadas, mierda" escupió Nancy.

"Pareces muy amargada" comentó suavizando su discurso, estableciendo preocupación en su inflexión.

"Viví con estas personas. Vi las trampas que los amarran y nada va a cambiar hasta que se organicen, se levanten y reclamen sus tierras y sus derechos."

"¿Por qué te asocias con una ramificación del gobierno de los EE. UU.?" preguntó él, genuinamente curioso acerca de qué la había traído a este valle.

"¿Querrás decir que hace una mujer negra aquí en Perú?" preguntó.

"Te deben preguntar lo mismo todo el tiempo, pero me da curiosidad," dijo él.

Ahora habían parado en un puesto de control en el puente de Viru. Ella miraba como ausente a las gordas mujeres indígenas que se sentaban bajo los reparos hechos con tela, resguardándose del duro resplandor del sol, mientras vendían frutas y otros alimentos a los motociclistas que pasaban por allí.

"Fui criada en D.C., obtuve una beca para la Universidad Americana y me especialicé en estudios latinoamericanos. Sencillamente siempre me pareció lo correcto. "Solidaridad tercermundista," musitó ella, como si le doliera cuán eufemística sonaba aquella frase. Cuán absurda cuando veía a las sonrientes y charlatanas mujeres indígenas e intentaba imaginarlas marchando codo a codo con Nancy por el boulevard de un cambio social radical en la vanguardia de la revolución. "Me doy cuenta ahora de que, si ayudo a estas personas a usar sus mentes, se liberarán de las trampas de desnutrición que los mantienen estúpidos."

"¿Qué quieres decir con estúpidos?" Preguntó el.

"Me refiero" explicó ella, "a que muchas de estas personas sufren de retraso mental irreversible desde una temprana edad debido a la mala nutrición, lo que provoca que críen a sus hijos de la peor manera y no son capaces de producir lo suficiente para sobrevivir, así que viven cada día como cuando sientes que tienes una gripe muy fuerte."

"Te entiendo," le respondió el, "decaído y letárgico."

"Si estas personas algún día llegan a un punto donde puedan comenzar a pensar en su potencial, no habrá nada que pueda detenerlos cuando noten qué es lo que está pasando."

"¿Y qué hay con los indios ahí"? preguntó, apuntando al grupo que vendía a las multitudes. "Parecen estar dedicados en una vieja pero buena empresa privada."

"Es un doble estándar. La mayoría de sus contemporáneos ni siquiera son parte de la economía."

Ahora iban conduciendo por la autopista panamericana nuevamente.

Nancy alegaba que el gobierno era ineficiente en educar a las personas, y que estaba más interesado en reservar su estatus de élite que en desarrollar la economía apropiadamente.

En un letárgico viejo restaurante llamado Baldman doblaron hacia el este saliendo de la autopista.

"Tu punto de vista no me es ajeno", dijo el inconscientemente, volviendo a su típica reserva de embajada. "La economía debe ser desarrollada de la mejor manera posible," dijo políticamente.

Las cosas estaban tensas ahora, él quería decirle que estaba de acuerdo básicamente con todo lo que ella sentía y que la admiraba por actuar en consecuencia de una forma tan constructiva. Quizá ella lo presentía porque el tenso timbre que había estado llenando su voz dio lugar a un humor más sutil que parecía reírse de los roles que tan convenientemente mentían por ambos.

Un silencio siguió, el cual sirvió para evaporar las energías que habían crecido como a presión entre ellos. Habían doblado hacia un camino de tierra lleno de baches y con horribles parches de arreglos mal hechos.

Nancy condujo como una experta por entre los baches

y rocas sueltas a paso de hombre, lo suficientemente despacio para evitar destruir el auto inmediatamente, pero lo suficientemente rápido como para escapar las pesadas nubes de polvo que crecían detrás suyo. Eran 4 kilómetros desde el desvío hasta llegar a las puertas de la hacienda y ese tramo tomaba unos 30 minutos en auto. En ambos lados se veían los campos de otra hacienda a lo largo del camino y hacia el horizonte.

Se detuvieron para recoger a un hombre levantando su pulgar en señal de autostop. Era un hombre vestido con un poncho, pantalones cortos y sandalias. Llevaba un morral en su espalda. Parecía dubitativo ante la idea de subirse al auto al principio, pero luego se subió y todo era sonrisas y gratitud.

Lo dejaron en un pequeño camino al lado de la carretera. Nancy había estado charlando libremente con él en una combinación de jerga en español y dialecto indígena, el cual Keating no comprendía del todo. En la bifurcación que los llevaba fuera de la carretera, lo dejaron bajar. Respetuosamente les preguntó cuánto les debía por el aventón, obviamente esperando la protesta retórica de Nancy, "¡Por nada, hombre! Hasta otro día."

Keating comenzó a sentir que él realmente no estaba en contacto con esta gente comparándose con Nancy y se preguntaba si tendría problemas comunicándose con Birú.

Keating luego hizo la pregunta que le había estado molestando, pero reprimiendo hasta el momento, su actitud hacia la raza y las mujeres, al intentar actuar como si no hiciera diferencia, pero por supuesto que lo hacía. Aun así, él nunca supo cómo reaccionarían las mujeres. "¿Cómo afecta tu trato con esta gente el hecho de ser una mujer?" preguntó tan despreocupadamente como pudo. Optó por el menor de los dos males. Ella pareció disfrutar la pregunta y pausó por un momento antes de responder.

"Mi entrenador me dijo que yo era la primera mujer negra en ir a Perú. Que siempre excitaba a un negro el hecho de ser primero, ya sabes," dijo jocosamente.

Él le respondió con una rápida y corta risa que fue más como un suspiro nervioso.

"Cuando llegué aquí fui recibida mayormente con curiosidad e incluso desconfianza. En primer lugar, por trabajar para los Cuerpos de Paz, segundo por ser mujer y tercero por ser negra. Lo último ahora funciona a mi favor. Me hace fácilmente reconocible."

Tiraba cada una de sus líneas como si de un discurso se tratase. Él no estaba muy seguro si ella estaba intentando ser graciosa. "Me llaman la Negra. Y me las arreglo tan bien como cualquier otra persona," dijo casi divagando.

Y ciertamente mientras doblaban en las puertas de la hacienda El Troijo, fueron recibidos tras unos persistentes bocinazos por el cuidador quien saludó efusivamente a Nancy, "Hola Negra." Y a Keating, "Buenos días, señor."

Condujeron otros dos kilómetros por un camino delineado con polvorientos pinos, similar al sur de Francia, Keating recordó. El campamento podía verse a la distancia, marcado por una gran aglomeración de árboles doblados hacia el norte debido a la siempre permanente brisa sureña. Los campos se extendían en ambos lados, plantados con papas y maíz.

Toda la operación parecía bastante eficiente para Keating. Notó un tractor en el campo y un moderno sistema de irrigación alimentado por un motor diésel rodeado de hombres con sombreros de paja, que miraban curiosamente cuando pasaban y saludaban entusiasmados tras reconocer a Nancy. Todos parecían saludar con un sonriente coro de ¡hola Negra!

Condujeron por un arenoso campo de fútbol y algunas chozas administrativas. Estacionaron al lado de un maizal y treparon la colina rumbo a la choza dilapidada donde fueron saludados por un perro, quien se alejaba desconfiado mientras éstos se acercaban.

"Los padres de Birú son aparceros" Nancy explicaba mientras bajaban por la colina. "Su padre se llama César," continuó. "Es un hombre trabajador. Birú es el mayor de once hijos."

"Dios mío," Keating exclamó, "espero que hayas dado a la madre métodos anticonceptivos."

"Intentamos no mencionar eso," Nancy se rio inocentemente. "Ya era muy tarde para la vieja mamacita, pero los niños en la escuela aprenden que es posible tener métodos anticonceptivos. No los adoctrinamos al respecto, pero es un tema popular de discusión." "Lamento interrumpirte," dijo Keating, "dime más sobre la familia de Birú."

"César tiene algo de prestigio en la zona porque es un popular conductor de tractor. Trabaja unas 16 hectáreas de tierra."

Hablaron con la madre y Nancy abrazó algunos niños. Esperaban que Birú vuelva más tarde. Mientras Keating estaba allí parado esperando, analizó la escena de la pequeña choza de adobe y techo de hojalata, la total falta de higiene y llevó su vista a los hombres trabajando los campos que se extendían treinta kilómetros hacia el mar. Allí se dio cuenta de lo que él formaba parte. "Estamos tomando a alguien de todo esto para llevárnoslo a Washington, D.C."

El sol resplandeció sobre un parabrisas en la distante autopista panamericana. "Esto es una locura," pensó Keating.

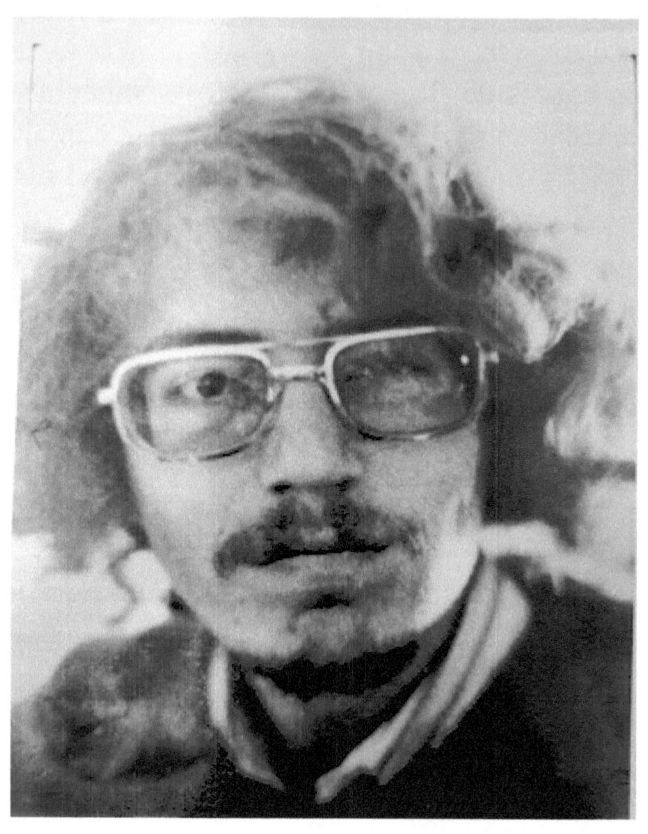

JO luego de 3 meses en los Andes

04

Manuel Vaati entró a la oficina de su padre para contarle que los gringos estaban en la casa de Birú Pizango en ese mismo instante. Éste era un delgado muchacho de pelo oscuro de diecisiete años y el año próximo iría a Lima a la Universidad Católica. Tenía miedo de irse y no estaba de acuerdo con su padre con irse a los Estados Unidos. Aun así, entendía que era una cuestión de honor y que de alguna forma, era una vergüenza que un mero campesino de la hacienda vaya y no él. Manuel encontró a su padre en el estudio, en medio de una acalorada discusión con un hombre que él reconoció como uno de los líderes del sindicato. Notaba que su padre estaba agitado, pero aun así parecía tratar al hombre con una inusual timidez. Cuando Manuel se acercó escuchó al hombre del sindicato protestar que el número de filas de maíz asignadas para que sean cosechadas por hombre era demasiado grande teniendo en cuenta el crecimiento de los campos.

"¡Hierbajos!" Vaati balbuceó y comenzó a maldecir por lo bajo.

"Permítame recordarle," el hombre del sindicato continuó, "que si usted falla en satisfacer las necesidades de los trabajadores será sujeto a una reforma agraria. Nacionalizaremos estas tierras y formaremos un colectivo. "En la situación actual," dijo, "eso es lo que desea hacerse desde Lima."

Manuel comenzó a retirarse, ciertamente no querría estar cerca cuando su padre comenzare a golpear a este sujeto en la cabeza como Manuel estaba seguro de que haría. Aunque para su sorpresa, su padre, aunque con la cara colorada, mantuvo la calma, lo llamó para que entre y dijo, "Señor Castillo, permítame presentarle a mi hijo Manuel."

Manuel se sonrojó ante el extraño e inusual comportamiento por parte de su padre. Su padre presentó al pequeño y gordo hombre sentado frente a él como el secretario general del sindicato de trabajadores.

Manuel asintió amablemente y mientras estrechaba su mano, nerviosamente le dejó saber a su padre que los gringos estaban en la casa de Birú Pizango.

Aquel era un día repleto de sorpresas. En lugar de explotar, su padre se volvió al gordo hombre y dijo. "Ya ve señor Castillo, ese es el hijo de uno de mis trabajadores quien fue educado en una escuela aquí en la hacienda. Pronto se irá a los Estados Unidos. Estamos muy orgullosos de él."

Manuel no podía creerlo. Su padre casi parecía realmente orgulloso.

El señor Castillo, quien estaba intentando mantenerse neutral, había estado buscando una excusa para recorrer los campos en auto con el dueño. No haría daño, pensó, que los trabajadores me vean siendo escoltado por el señor Vaati. Entonces repentinamente se levantó y dijo, "Ven, me gustaría ver a esta familia y al destacado jovencito."

"Quizá en otra oportunidad," dijo Vaati, obviamente herido.

"No, no quiero tener que venir al norte tan a menudo, me gustaría mucho ir ahora."

El señor Vaati se rio nerviosamente y se tragó sus palabras mientras mandó a que traigan los caballos. "¿Gustaría un cambio de ropas?" preguntó, notando el traje de Castillo."

"No, iré en mi auto."

Gordo cerdo, puto gordo, no puede montar un caballo, Vaati pensó. Pero forzando una sonrisa dijo, "No, no, señor, usaremos el auto de la hacienda.

Mientras conducían por el camino de tierra, Vaati ignoró a los trabajadores que los saludaban con un movimiento de sombrero mientras pasaban y volteaban a ver al hombre del sindicato que estaba demasiado ocupado saludando a cada uno de ellos con la mano en alto y como si intentara distraerlo dijo, "Ah, ¡estos hombres son tan trabajadores! Como este sujeto Pizango, trabajador, de buena familia, diez hijos, gran conductor de tractores."

Como añadiendo énfasis y algo parecido a credibilidad en lo que iba a decir, Vaati despejó su garganta, levantó su mano y luego de un momentáneo silencio, declaró que había intentado darle a Pizango las 16 hectáreas que él trabajaba. "Mire", le dije, "Toma tu tierra. Es tuya ahora. Págame un sol, solo uno, si solo un sol. Pero ¿sabes lo que sucedería si yo hiciera eso? Sería un canalla."

"Quizá usted preferiría que la reforma agraria se encargue de este desagradable detalle por usted," dijo Castillo riendo.

"No, no", Vaati dijo, "no les gusta. No hay suficientes tierras para todos. Los otros dirían, "¿Por qué no nos das a nosotros algunas tierras? No está siendo justo con nosotros." Y pronto pensarían que yo soy un canalla, un gamonal, mira a ese asqueroso hacendado oprimiéndonos. Y mi vecino, ¡Madre de Dios, loco! "Nos estas arruinando," dirían. "¿Por qué estás regalando tus tierras? ¿por qué estás siendo tan cruel?" Así que, señor Castillo," imploró, con ambas manos, "es cruel regalar mi tierra y no puedo hacerlo." Pero Vaati parecía estar diciendo "tú no puedes". Tú y tu reforma de mierda no pueden ser tan crueles y darles mi tierra a los trabajadores. Eso sería cruel, no cruel conmigo entiende, pero cruel para ellos.

Cuando los dos caballeros llegaron a la choza de Pizango, los dos gringos ya se encontraban allí. Los pequeños niños y animales no podían creer cuantos extraños estaban en su puerta al mismo tiempo. Miraban desde los rincones de su hogar, ya que no tenían otro lugar donde esconderse en el estéril claro en el que la casa estaba ubicada.

5

Birú Pizango miró con un desesperanzado asombro cómo su padre humildemente saludaba a los norteamericanos. Siempre le impresionó el tamaño de los gringos. Madre, pensó que habría miles de estos hombres, quizá más. Tantas personas como mazorcas en el campo o arena en las dunas. Se estremeció por dentro de tan solo imaginarlo.

Le agradaba la gringa, Nancy, y la consideraba una amiga. Birú le había dicho en una oportunidad que le gustaría ir a los EE. UU. Por lo tanto, se paraba a su lado. En un momento sintió deseos de apartarla y confesar su miedo. Pero los vecinos comenzaban a juntarse y empezó a sentirse como un héroe. Podía ver el asombro en sus caras y un respeto que nunca había conocido.

Se encontraba disfrutando estas nuevas sensaciones con algunos amigos cuando un grupo de muchachas se acercó entre risitas nerviosas. Muchas de su edad ya se habían casado, pero él nunca había podido decidirse por una. Entre las chicas riendo había una que sollozaba, Marisa. Ella era más esbelta que el resto con una larga cabellera negra y ojos que brillaban cuando se reía, y ella reía muy a menudo. Una vez ella le había dicho que le gustaba su bigote. Marisa tenía dieciséis y últimamente él había sentido que sería ella con quien se casaría. Quizá luego de la próxima plantación. Ahora ella se veía triste y él se sentía avergonzado porque sabía que de todas aquellas personas solo ella se encontraba triste.

Distintas emociones y sensaciones pasaban dentro de Birú a una velocidad angustiante. Sintió cómo su miedo se asomaba y lo llevaba a una vertiginosa pérdida de control.

Un golpe inesperado se transformó en pánico cuando vio al hacendado estacionar en el camino y acercarse acompañado por un gordo extraño que llevaba un traje. De pronto un profundo alivio lo invadió. ¡Vaati había dicho que nunca iba a dejarlo ir! Nunca se sintió tan feliz de ver al hacendado. En un instante sus sentimientos de estar siendo oprimido por Vaati se convirtieron en una sensación de seguridad. Esta vez él era su protector, su garantía.

Aunque ellos trabajaban para él, los granjeros arrendatarios raramente hablaban con Vaati. Fue saludado respetuosamente por los ancianos, quitándose los sombreros.

Vaati los ignoró y se acercó a los gringos. Ahora, él les diría, pensó Birú. Pero lo que había sido un caleidoscopio de emociones se fue por el retrete y se convirtió en shock, sorpresa y completo terror cuando Birú vio al hacendado saludar simpáticamente a los gringos y luego alejarse con el otro hombre.

"Señor Castillo," Vaati dijo, "este es el brillante jovencito del cual estamos orgullosos, el que pronto viajará a los Estados Unidos." Birú se quedó perplejo, shockeado, mudo, sintiendo como si cada grano de arena, cada ave, animal y nube estuviera conspirando en apartarlo de su casa.

El otro, el hombre mestizo del gobierno estrechó su mano y le dijo cuán orgulloso estaba de ver un joven como él hacer semejante viaje. Birú apenas podía oírlo mientras esté le decía cómo él también había salido de una granja hace mucho tiempo.

Los dos caballeros pronto se fueron y el resto comenzó a festejar, tocando flautas y guitarras, bebiendo esa cerveza de maíz, la chicha. Cuando cayó la noche, Birú se mantuvo inmóvil mientras sus amigos lo felicitaban. Pronto los hombres estaban ebrios, los niños jugaban y las mujeres reían y comían maíz juntas. El joven permanecía en shock y en soledad en medio de la oscuridad. De repente, escuchó pasos a su espalda y se dio la vuelta para ver a Marisa parada a unos metros mirándolo. Se miraron el uno al otro por un momento. Ella parecía estar temblando. Por un momento se sintió irresistiblemente atraído a ella, pero cuando comenzó a moverse, ella se largó a llorar y corrió aterrorizada.

"Me ama," pensó él. La idea y el sentimiento lo llenaron, nada más parecía importar. En un momento se sintió importante y orgulloso. Iría a enriquecerse y volvería a buscarla.

Birú salió en búsqueda a Marisa y la encontró sollozando cerca del camino.

"Ven," dijo él, tomando su mano, "nos casaremos esta noche."

Ella levantó su mirada para encontrar la suya y tomó su mano. Caminaron por el camino hacia el maizal e hicieron una cama de briznas caídas de los maíces alrededor. Juntos allí, él la tocaba y la hacía temblar como ningún otro hombre lo había hecho antes. Era tan maravilloso para ella. Pero sus gemidos de pasión se mezclaban y mezclaban en medio de su llanto.

Luego, estando ambos acostados, él le dijo que volvería a ella y que serían ricos.

Marisa se quedó en silencio por un momento y sollozó.

"¿Puedes decirme por qué te vas?"

"No lo sé" dijo él, "todo el mundo quiere que me vaya y sencillamente no tengo el poder de decir que no."

"Podemos ir a ver a la bruja y pedirle que nos de poder" dijo Marisa. "Ella es buena. Le he pedido por ti y ahora aquí estamos."

"¿Tendrá el poder necesario?" preguntó él con esperanza en su voz. "No, no hay tiempo. Debo irme en la mañana."

“Te esperaré,” dijo Marisa una y otra vez mientras él se quedaba dormido en sus brazos.

06

Birú se despertó alrededor de las 4:30 am. Todavía se encontraba desbordado con emoción primeramente ante la imagen de su hermosa esposa acostada a su lado. Temblando por el frío en esa helada mañana, se estiró buscando su poncho para poder ponerlo encima de sus cuerpos y poder volver a entrar en calor.

Birú se levantó, besó a Marisa, y emprendió el camino de regreso a la casa de su familia. La imagen de la casa y los primeros fuegos de la mañana provocaron oleadas de lamentos en su interior. Para disminuir el impacto de todo esto, del día más importante de su vida, emprendería sus obligaciones tal como haría cualquier otro jueves.

Ataviado con su ropa de trabajo emparchada y desgastada, dejó la casa llevando una lata de leche de seis litros. Caminó en silencio todavía en shock a través de la oscuridad, casi un kilómetro hacia el campo de la hacienda donde la vaca de la familia pastaba. Birú localizó al huesudo animal y abrió la lata. Llenó casi los seis litros antes de vaciar las ubres. Luego liberó a la vaca y la llevó a un parche fresco en el campo para que pueda pastar. Tras atar a la vaca nuevamente, Birú regresó a la lata de leche y la llevó a través del campo a un punto al lado del camino. Sabía que el camión diario de Trujillo pasaría y recogería la leche como lo hacía seis días por semana y la entregaría al mayorista en la ciudad. La familia recibía 68 centavos por esta leche, lo cual era una gran parte de sus ingresos.

Birú volvió a su hogar y se lavó, se afeitó y desayunó unos rollitos de pan y café instantáneo. Mientras escuchaba la radio, sonó la campana de la hacienda que avisaba que el día laboral había comenzado. Escuchó a su hermano afuera agarrando su pala y alejarse hacia donde le asignarían el trabajo del día.

Birú se puso su mejor ropa y se sentó esperando con su bolso preparado.

A las 9:00, el gringo llegó y se acercó a la puerta. Birú se levantó y le sonrió resignado. Se subieron a un auto y se alejaron de la hacienda hacia la autopista principal y doblaron al sur hacia Lima. Birú volvió su mirada una vez más y luego la volvió a la ruta. El paisaje pasaba a una velocidad que Birú no conocía.

El auto pasó volando al lado de un enorme colectivo lleno de trabajadores. Algunos miraron a Birú inquisitivamente y él les devolvió el gesto con una sonrisa.

La velocidad del auto y la distancia que lo separaba más y más cada segundo de su hogar y de aquellos como él en el autobús llenaba sus venas con una gran emoción. El sordo letargo que había sentido esperando a irse fue dejado atrás totalmente para dar lugar al entusiasmo. Estaba en camino. Sentía que se movían lentamente, no podía esperar a ver lo que le esperaba del otro lado de la próxima colina. Y aunque solo era más desierto, llegaba a ver colinas más grandes, ciudades y planicies. Para él cada segundo parecía como estar naciendo nuevamente.

Al caer la noche había autos y camiones y vehículos enormes y allí en la oscuridad podía ver luces que se dejaban ver en el cielo. Tremendas luces. Lima.

Mientras se adentraban en la ciudad, Birú estaba aterrorizado y estático al mismo tiempo.

Aunque la cama en el centro no hubiese sido tan cómoda y suave, de todos modos, no hubiera podido pegar un ojo. El poder y la constante pulsación de la ciudad lo llevaban a su propio ritmo.

Birú le preguntó al gringo si podía ir a recorrer un poco.

"Pero Birú," dijo él, "es de noche. Espera e iremos en la mañana."

Así que Birú tuvo que contentarse con sentarse fuera del edificio. Se sentó allí sintiéndose estúpido, sorprendiendo a las personas que se parecían a él, pero estaban vestidas con ropas norteamericanas entrando y saliendo de autos. Cerró sus ojos y en el palpitante bullicio de la ciudad vio a Marisa vestida con luces brillantes y el con un elegante saco y pantalones conduciendo un auto mientras las luces y sonidos pasaban a su lado borrosos. Se aferraban el uno al otro felices y en éxtasis. Luego el auto paraba frente a la hacienda y el señor Vaati salió a saludarlos. Les da la bienvenida y los invita al comedor donde vino y un plato de ternera los esperaba.

Birú se quedó dormido en medio de sus fantasías y fue despertado bruscamente por un policía.

"Ey, campesino, vete a dormir al parque. Este lugar es para caballeros," le dijo a Birú.

Birú le explicó la situación. Al principio no le creyó una palabra, pero que un gringo se acerque a la puerta y hable por él hizo que el policía se vaya, obviamente sorprendido e impresionado. Otra vez Birú se sintió lleno de poder. Estaba siendo enaltecido. Pronto tendría cualquiera de los privilegios que tienen los caballeros. Pronto conduciría automóviles, comería en restaurantes y viviría en hermosas casas con suaves camas.

Los días pasaron rápidamente. Birú se las arregló para poder recorrer las calles y volver sin necesidad de estar acompañado. En una oportunidad estuvo perdido por horas y fue solo por accidente que se encontró con otro estudiante del centro, pero la mayor parte del tiempo se dedicaba a estudiar. Birú estaba encantado con todo el tiempo que él tenía para dedicarle a los libros y progresó rápidamente.

En las mañanas estudiaba inglés. Luego del almuerzo estudiaba con profesores peruanos para aprender sobre su propio país. Pero su actividad favorita era ver películas sobre la vida en América.

Los campesinos que recogían lechuga y construían casas trabajaban allí y vivían en California. La idea sorprendía a Birú, pero le era confirmada por cada película. El resto conducía tractores o se sentaba en sillas y hablaba por teléfono.

"Dios debe amar a estas personas," dijo convencido. "Nosotros trabajamos duro y no tenemos nada. Ellos no hacen nada y tienen milagros sucediéndoles a diario."

Los meses pasaron y Birú se acostumbró a llevar pantalones largos y camisas importadas como los demás estudiantes. Tras seis meses ya entendía y hablaba inglés lo suficientemente bien como para ir al cine y no tener que leer los subtítulos para entender.

Un día mientras estaba sentado en la plaza central, dos gringos hippies se acercaron a él e intentaron hablarle en español. Su español era incomprensible y escuchó como decían, "Encontremos a alguien que hable inglés."

"Yo hablo," dijo Birú.

"Chévere," dijeron y comenzaron a hablar rápidamente.

"Oye hombre, sabes de algún lugar donde podamos quedarnos una noche. No muy caro."

"Si," el otro dijo rápidamente. "Coca man, donde podemos comprar algo de coca."

Birú se sintió enfermo. Podía entender muy poco de lo que decían.

"¿Ustedes hablan inglés?" les preguntó, esperanzado que quizá estaban hablando otro idioma.

"Obvio amigo," el más alto de pelo lacio le respondió.

"Somos estadounidenses."

Así que este era su primer encuentro. Norteamericanos.

"¿Conocen Washington D.C?" Preguntó Birú.

Se rieron amablemente y le respondieron, "No hombre, somos de Marin."

"Yo voy a Washington, D.C en una semana," dijo Birú.

"¡Fantástico! (Far out!)" dijo en inglés el que tenía pelo enrulado.

"Si, es muy lejos" Birú respondió.

Los dos gringos se rieron juntos.

Birú intentó responder sus preguntas sobre el hotel. Les dijo que en el mercado podían encontrar hojas de coca.

"Oye, y ¿sabes dónde podemos cambiar algo de dinero?" preguntó el rubio.

"En el banco," contestó Birú.

"No, nos referimos al mercado negro," el de rulos le respondió. Y al ver como Birú se lo quedaba mirando sin comprender a qué se refería, éste se rio y dijo, "Vayamos a aquel restaurante. Hasta luego hombre."

Birú se había acostumbrado al bullicio de la ciudad y ahora podía pensar nuevamente rodeado del ruido de todos los autos. Estos hombres con quien había hablado hace unos momentos parecían estar ebrios. Irradiaban un espíritu amistoso y festivo. También parecían estar mucho menos interesados en él, que lo que él estaba en ellos. Birú decidió que cuando llegase a Estados Unidos él debería actuar como un borracho. Debería saludar a cualquier extraño como viejos amigos como lo haría estando ebrio en una fiesta cuando no podía recordar los nombres de los hombres con los que había entablado amistad la noche anterior.

Birú paseó por la plaza mirando a las personas frente de su gran hotel. Vio a viejos gringos y sus esposas sentados en un bar bebiendo. Estaba ansioso de ir a su país y aprender sus costumbres. Todas estas le parecían muy extrañas, pero así parecía ser la forma de vivir de gente que parecía caminar en un puente dorado por encima del camino de tierra que él había conocido. Así eran las costumbres de una vida en la que la comida y un techo sobre su cabeza, cosas que él consideraba como una lucha constante, eran aparentemente gratis para ellos. Las películas que había visto hablaban de trabajo pero las labores que él había visto en ellas parecían fáciles y las recompensas infinitas.

¿Y qué de esas personas tomando y buscando coca? Su gente necesitaba coca para combatir el hambre y para trabajar en las altas montañas. Y él sabía que aquellos hombres no necesitaban la coca para sobrevivir. Ya en el centro, su vida parecía como un domingo tras otro. Estudiar no era un trabajo. Esto era placer.

La mente de Birú nadaba en un mar de confusión. Había vivido toda su vida en un nivel donde para sobrevivir, todos los que conocía debían trabajar sin cesar. Esto era lo que la vida siempre había significado para él, una lucha interminable. Ahora estaba rodeado por personas cuyas labores difícilmente podían ser consideradas trabajo, pero que también estaban rodeadas de herramientas que hacían su vida aún menos laboriosa.

"Viven en un mundo dominguero con sus autos y máquinas," pensó. "Tanto como mi vida ha sido de trabajo, la suya ha sido de placer. Deben conocer una felicidad que yo ni siquiera puedo imaginar." Con estas cuestiones en mente, Birú sintió cómo el día de su partida se acercaba, en el que él partiría al cielo para ser instruido por los dioses en temas como facilidades y placeres. Pensó que debía aprender sus formas y levantar el terrible peso que oprime a su familia y amigos tan dentro de la arena que no pueden ver estos milagros. "Cuando regrese les mostraré cómo vivir".

JK toma la pipa

07

El avión rugía y se sacudía mientras aceleraba por el suelo. La gente a su alrededor no parecía muy preocupada, pero Birú sentía que pronto estaría muerto y algunos de su grupo parecían compartir su sentimiento. Cuando la gigantesca y monstruosa máquina se elevó en el aire, Birú volteó para ver a uno de sus compañeros, pálido, agarrándose los apoyabrazos de su asiento como si estos fueran su última esperanza de vida. Pronto varias millas pasaron y las montañas parecían verdes pechos saliendo de una manta azul de flecos blancos. El océano, pensó, podría verlo por siempre. Realmente estoy con los dioses en este momento. Se podía ver, allí abajo, un sendero marrón que conducía a un pueblo que se veía no más grande que un punto. Así es como los norteamericanos ven el mundo, supuso Birú. Imaginaba la casa de su familia, la hacienda, todo parece tan pequeño e insignificante desde esta perspectiva. Mi gente no sabe nada de esto, continuaban sus pensamientos, tal vez escuchan un rugido y ven un rastro blanco como solía hacerlo yo. Pero no tenía idea. A su derecha vio por la ventana, al otro lado del avión, montañas entrelazándose con el cielo con sus gorros blancos. Esos son lugares a los que nadie va.

El suave deslizar por el aire pronto comenzó a opacar su miedo y comenzó a sentirse cálido y seguro, tanto que recordó cómo se sentía estar en los brazos de su madre.

Pronto, como había estado sucediendo en los últimos seis meses, apareció un banquete. Una combinación de carne, ensaladas y dulces que él solo hubiera probado en una gran celebración o en una boda. De dónde salía todo eso, él no lo sabía; pero siempre había comida para estos gringos.

Tres veces al día: carne. Él no entendía cómo es que esta gente, que rara vez habrán visto una vaca, podría cenar esto por siempre.

En el asiento de al lado, estaba sentado un gringo anciano. Birú miró su traje y su corbata colorida. En su muñeca había un reloj de oro y en su dedo había un anillo con piedra. El hombre estaba frente a una maleta abierta revolviendo unos papeles. Miró a Biru, que estaba observándolo, y luego bajó la vista rápidamente y sonrió. Birú también le sonrió y dijo "man", tal como los dos gringos en el parque le habían dicho a él.

El hombre quedó perplejo y le devolvió la sonrisa. "¿Estás yendo a bow-gat-tow?" dijo intentando imitar nuestro acento, como si Birú fuera a entenderlo de esa forma.

Birú no entendió, pero sonrió. El hombre le extendió su mano y Birú la tomó.

"Una names a Burt", dijo el hombre. "Lendo paes Columbeah ¿De dónde eres?"

Birú sonrió impotente y miró al hombre que tenía delante.

Que en un marcado acento Texano procedió a hacer un monólogo: "Yo soy de Texas, estuve aquí ayudando a unos chavales con todo. Menos mal que los estamos ayudando. Pero mierda, ni bien se calzan un traje y ya te quieren arrebatar todo lo que has construido. Es una lástima, a veces pienso que ni siquiera vale la pena. Y si no te lo roban, te dejan en bancarrota hasta que te mueras".

El hombre estaba bastante animado, dando algún que otro sorbo a su bebida marrón. En un momento dijo: "Déjame comprarte una Coca-Cola, hijo, esto aquí es un trago con Borbón, y tú eres muy jovencito para estar bebiendo esto."

Aunque el joven apenas entendió al hombre que le hablaba. Pero sí entendió que por su generosidad fue que le fue entregada una Coca-Cola. Agradeció al hombre en su español mezclado con inglés. Y estas fueron las primeras palabras que había dicho en este intercambio con el gringo.

El estado anímico del hombre parecía haber cambiado y, como había sucedido en sus anteriores encuentros con gringos, Birú se sintió incómodo porque no podía mantener una conversación completa. Entonces continuó sonriendo al hombre, hasta que el texano, que olía a licor, soltó una fuerte risa.

"Dime", dijo, "¿a qué parte irás en los Estados Unidos?"

Birú entendió las palabras "dónde irás" y dijo "voy a Washington DC."

"¿Tienes gente ahí?" preguntó el hombre.

"Soy parte de un nuevo programa de intercambio", Biru continuó con el monólogo que había aprendido en la escuela.

"Ah, gobierno. Ey, bien, bien, je je "dijo el hombre, nervioso.

Birú notó que el viejo gringo se estaba poniendo más nervioso y el hombre se levantó de pronto y dijo que iba al baño, recogió su maleta y abandonó el asiento.

Birú se sintió avergonzado y un poco asustado, el hombre obviamente se había movido por culpa suya. Sus pensamientos volvieron a su estado de ánimo al que estaba acostumbrado como campesino. Yo no debo esperar ser uno más con esta gente, pensó. De hecho, Burt se había alejado por la incesante sonrisa de la juventud. Debido a la raza juvenil, Burt se sintió superior, pero las costumbres modernas exigían que se modere esta superioridad con un poco de "nobleza obliga". Burt se consideraba a sí mismo mundano y dejó pasar los remordimientos que sentía por su descortés partida del lado del joven como una búsqueda legítima de una conversación más interesante. Estos pensamientos pasaron por su mente casi demasiado rápido como para estar consciente, y un momento después ya estaba cómodamente instalado en un nuevo asiento.

El efecto en Birú, sin embargo, fue más que momentáneo ya que él aún no se sentía con la confianza suficiente. ¿Qué estaba haciendo él aquí en el cielo, con todas estas personas que sabían tanto y él tan poco?

Birú todavía se encontraba absorto en sus pensamientos cuando el avión comenzó a descender en Bogotá. Sintió al avión cayendo y sus pensamientos descendieron a un nivel aun más bajo de humildad, la clase de pensamiento temeroso y de postración ante su Dios. "Santa María, sácame de aquí," pensó mientras el avión caía hacia las ominosas y ondulantes nubes, descendiendo hacia las montañas, y cambiando la dirección de sus alas, continuaba bajando hacia la oscuridad. Los motores cambiaron de timbre a un quejido más agudo y un zumbido hizo presencia con el despliegue de las aletas. Las oscuras formas se retorcían allí fuera de la ventana, y de repente Birú se encontraba sumergido en un profundo mar de nubes. La experiencia para alguien que prácticamente no conocía ni la lluvia era desconcertante y misteriosa. Momentos más tarde el avión terminó su travesía por las nubes y él, aterrorizado, se maravilló aun más por los ricos campos verdes que se desplegaban bajo el avión. Con la velocidad disminuyendo, cuentas de agua corrían en el lado exterior de las ventanas. El avión bajó a toda velocidad hacia el suelo y Birú pudo ver cortinas de nubes descender justo por encima de los verdes campos que había abajo. Ahora podía ver casas, autos y rutas.

Los ruidos a su alrededor se aceleraban a medida que la tierra se acercaba. Birú estaba muerto de miedo y justo como la tierra se apresuraba en acercarse al avión a un paso frenético, el tendido eléctrico se encendió debajo de él y apareció un largo camino iluminado donde el avión terminó de caer. De repente hubo un tremendo rebote e incremento en el ruido de los motores. En este punto, Birú casi se desmayó. Se sintió mareado y estaba transpirando tan fuerte que parecía simpatizar con la lluvia en el exterior y fue con un inmenso alivio que en ese momento se dio cuenta de que ya se encontraban en el suelo.

Afuera en la lluvia, jets militares y comerciales junto con aviones más pequeños con hélices se encontraban estacionados en varios puntos alrededor de aquella inmensa área. El jet en el que estaba sentado ahora se estaba moviendo a la velocidad de un auto, sus motores eran solo un sordo murmullo. Birú todavía se encontraba aturdido cuando el jet se detuvo ante un edificio. Se quedó allí inmóvil mientras la cabina se vaciaba a su alrededor.

El gringo, Dick Keating, regresó a donde estaba sentado Birú. Ahora conversaban en una casual combinación de inglés y español. Keating observaba al jovencito. Se había encariñado con él en los seis meses que habían pasado juntos. Sentía que había una fe y confianza entre ellos. Pero tal y como sentía esa camaradería fraternal, también era propenso a bromear con Birú como si de un hermano menor se tratase.

"¿Como estás Birú?" le preguntó en su saludo estándar.

Birú se sobresaltó, todavía mareado por el aterrizaje. La sonriente cara de Keating lo relajó y juntos fueron hacia la sala de espera de pasajeros. Allí había un gran freeshop, y detrás del vidrio Birú podía ver a la multitud ir y venir. Afuera, la lluvia había cesado y salió al balcón apartado para ver a los aviones partir y llegar. Un joven vendedor de diarios se le acercó y le ofreció uno, tras recibir una negativa le preguntó hacia dónde se dirigía.

El muchacho era aproximadamente de su estatura, pero carecía de aquel vigor bucólico que encontraba en el rostro y ojos de Birú. Era más superficial, los suyos más perforantes y cínicos, aunque sí había similitudes; eran ambos indios y compartían muchas características físicas.

Birú le preguntó sobre su vida en Bogotá. Estaba fascinado con la confesión del joven que, de hecho, era un criminal.

"Mis amigos y yo robamos billeteras," dijo el joven.

"¿Y no te metes en problemas?" preguntó Birú.

"No, compañero es fácil, muy fácil y la gente aquí tiene tanta plata. Una vez, los norteamericanos trajeron a su mejor policía. Era un gran federal del F.B.I. Y vino aquí para enseñarle a nuestros policías como atrapar carteristas. Yo no sabía, pero había escuchado que este sujeto había sido robado en el aeropuerto y cuando le eché un vistazo a mi botín del día, ahí estaba la billetera del federal. Oh chucha madre, me río cada vez que recuerdo cuán fácil fue quitarle la billetera a ese burro. Jeje."

Continuó riéndose de una forma tan contagiosa que Birú pronto se le unió.

"Sí, mi compañero, es una buena vida," se jactó. "Tengo una motocicleta y fumo la mejor mata puente rojo," luego puso sus ojos en blanco expresivamente, "y coca pura. Apuesto a que tú la cultivas, ¿no, hermano? ¿Quieres un toque, amigo? ¿Quieres ver que le hacemos a sus hojas aquí?"

Mientras hablaba tomó un pequeño bolso de cuero con un pequeño popote de metal y, metiéndoselo en la nariz, inhaló una gran cantidad. "Ahora tú hermano, prueba un poco," dijo el muchacho.

Birú miró con sospecha a los blancos cristales en la bolsa. "¿Esto es coca?" le preguntó. "La coca es una hoja," dijo inquisitivamente a su nuevo amigo.

"Si, campesino, mierda esta cosa está hecha con la hoja, idiota. ¿Por qué irías a masticar un arbusto para obtener esta cantidad de cocaína? Prueba un poco, amigo."

Birú inhaló tal como el joven lo había hecho y sintió como si una pasta húmeda hubiera volado hacia su garganta y nariz. Mientras se retiraba del balcón con el carterista, revisó si su billetera seguía allí y se avergonzó al darse cuenta de que efectivamente estaba.

El ladrón vio sus acciones y se rio. "Mantén tu billetera en tu bolsillo delantero por aquí. Adiós, amigo, buen viaje."

Caminando por el atestado pasillo principal, Birú comenzó a sentirse separado de sí mismo. Los sonidos se volvían más y más huecos y sus piernas comenzaban a moverse con entusiasmo. Primero pensó que era la anticipación por volar nuevamente, aunque ahora en vez de temeroso estaba excitado y eufórico.

"Madre, vamos-let's go" pensó, mitad en español, mitad en inglés. "La coca que él tenía en su casa era para sentirse mejor, no hambriento, para poder respirar mejor," sus pensamientos pasaban a una gran velocidad, a chorros como una bomba en un pozo de agua. Uno tras otro, cada vez más rápido. "Polvo como nieve para elevarse, reír, los incas comen hojas porque están alto, los gringos respiran polvo como nieve para elevarse, hojas, nieve, alto, pobres, ricos, jets." El rugir de los aviones en el campo se mezclaba con los sonidos de su cabeza que continuaban incluso cuando Birú retornaba en la hueca cavidad del jet. La cabina tenía un olor como de combustible quemado, aun así se veía brillante y limpia.

La velocidad con la que la gigante máquina dejó el suelo se unió a los pensamientos de Birú. Antes se había sentido alienado y temeroso del despegue en Lima, ahora el avión y él eran uno atravesando el cielo. Crudo poder devorando espacio en las cavernosas catacumbas de su mente. El miedo ya no tenía importancia. No había nada que se interpusiera ante el poder de su mente. Birú estaba ansioso por conocer a esta bestia, los Estados Unidos, sus piernas se estremecían y podía sentir la adrenalina fluir en su interior. Saltó de su asiento y comenzó a avanzar al frente del avión. No podía quedarse quieto.

Una azafata lo detuvo y le dijo que regresara a su asiento.

Intentó pasar por encima de ella. "Te conquistaré," dijo por lo bajo.

La azafata se retiró y pidió por ayuda.

Birú sintió unas fuertes manos en sus hombros y se volvió para enfrentar la sonriente cara de un joven gringo de pelos castaños.

"Ven a sentarte conmigo, amigo," el gringo dijo en perfecto español.

"Cuidado," la azafata dijo en inglés, "Me parece que es peligroso. Un secuestrador, voy a advertirle al capitán, no lo deje ir."

El gringo murmuró algo de forma denigrante sobre cómo le gustaría que el indio que estaba sosteniendo lo lograse. En ese momento, Dick Keating apareció y calmó a la azafata, explicándole que Birú era inofensivo y que era un invitado del gobierno de los Estados Unidos. Luego se volvió y miró a Birú curioso por su extraño exabrupto. "¿Quieres sentarte conmigo?" le preguntó en inglés.

"No, me sentaré con mi nuevo amigo," Birú dijo con convicción en español.

Keating se volvió desconcertado mientras los dos se retiraban. El gringo se presentó a sí mismo como Jim Klondike y allí fue que comenzaría una amistad que sería quizá la mayor influencia que las multitudinarias experiencias de Birú en los Estados Unidos.

Jolly aguantando el humo
en los pulmones

08

Jim Klondike había nacido en los Estados Unidos, criado en India, Nepal, Europa y Sudamérica como hijo de un doctor. Su padre, un hombre callado y genial, había sido un misionero y más tarde, doctor del departamento de estado. Jim había tenido una exclusiva y singular exposición al mundo. Había crecido alto, fuerte; disfrutaba de una exitosa y activa tendencia atlética. Cómo su padre y su madre, Jim era apuesto, de buenos modales, interesado en muchos proyectos y disfrutaba trabajar en casa con sus propios artilugios o en conjunto con algún proyecto familiar.

Para cuando Birú lo conoció, Jim sentía una gran necesidad de un cambio social en el mundo como revolución y violenta reacción de los oprimidos. Aun así, se consideraba a sí mismo débil y falto de compromiso porque nunca había tomado personalmente armas por la justicia. Durante los tres años previos, había vivido y estudiado en Latinoamérica y había pasado un verano viajando en su Land Rover por toda África. Estas experiencias lo habían llevado a esta creencia de que los Estados Unidos y Europa habían estado fundamentalmente corrompidos por sus ricos y agotadores usos de recursos para mantener su estilo de vida. Quizá era la extrema sensibilidad que Jim sentía por la naturaleza lo que hacía que esta opulencia occidental le pareciera tan repugnante cuando estaban rodeados por un mar de pobreza en el que estaba sumido el resto del mundo.

En una clase de la Universidad Americana un joven e inexperto compañero había intentado argumentar que los Estados Unidos estaba proveyendo demasiada asistencia técnica y financiera al "tercer mundo."

Jim, amablemente como siempre y reacio a poner sobre sí mismo el foco de atención, levantó su mano para hacer un excepcional comentario.

"Si bien no quiero negar los impulsos filantrópicos de los Estados Unidos," dijo con un sutil sarcasmo, "encuentro claro que la historia de la humanidad está caracterizada por hombres que acechan hombres y naciones. Hay fuerzas en nuestro propio tiempo presente que están trabajando por la mejoría del hombre, pero mucho más grande es la evidencia de nuestro país y nuestra sociedad devorando lo que desee, como un lobo hambriento haría con un rebaño de ovejas. Las diferencias entre ayuda extranjera e imperialismo se me hacen a veces bastante difíciles de diferenciar."

Para ese entonces Jim había dado el discurso público más largo de su vida y estaba cada vez más nervioso, pero la tensión en él pedía ser liberada de cualquier forma posible. Se esforzó por continuar.

"Alrededor del mundo, utilizando medios militares y económicos, los Estados Unidos abiertamente o encubiertos apoyan a gobiernos marioneta como también a líderes que sirven a nuestros intereses económicos, mucho más que a aquellos de esa gente a quien afirman representar."

Jim bajó su mirada mientras un profundo silencio llenaba el cuarto. El profesor sonrió insulsamente y continuó su lección en el doble discurso que caracteriza a las discusiones de seguridad nacional, el cual era parte de su asignatura. Sin embargo, Jim no lo escuchaba. Sus orejas quemaban y la adrenalina recorría su cuerpo. Su mente recordaba escenas de pobreza y labores Sísifos que había observado en incontables trabajadores de todo el mundo. Se contentó con el pensamiento de que él pronto estaría lejos de esta banalidad y corrupción de regreso en Latinoamérica, donde había arreglado estudiar un semestre en Quito, Ecuador. Al menos estaría con gente nuevamente, así era como caracterizaba a la mayoría de la población del mundo por la cual sentía gran compasión.

Jim caminó hacia su bicicleta por los desnudos árboles que había por el campus aquellos primeros días de invierno. Mientras conducía por la Avenida Nebraska con los autos pasándole a gran velocidad añoraba la relativa tranquilidad del resto del mundo. Nuevamente sintió el amargo tañido de la ansiedad proveniente de su imposibilidad de sentirse en casa en su propio país y, al menos por ahora, su incapacidad para encontrar un hogar permanente en un país más apto para su propio temperamento.

Cuando entró, la casa familiar se encontraba vacía, repleta de recuerdos de distintos lugares. Su familia no estaba, sus padres habían sido asignados temporalmente a Tangiers, sus hermanos y hermana en distintas universidades. Empacó una mochila de viaje, como había hecho tantas veces antes mientras esa anticipación tan conocida crecía en su interior. En un momento de introspección, notó que quizá él mismo había creado a propósito esta inmensa falta de satisfacción de sentirse en casa en los Estados Unidos porque sentía una inmensa felicidad en sus partidas. Un amigo una vez le dijo que existían ideas que atormentaban la mente para siempre, problemas que nunca tendrían solución. "Pero bien, por ahora al menos," pensó, "puedo relajarme y disfrutar de lo que está sucediendo."

Jim cerró la casa y dejó la llave con un vecino. Un amigo lo llevó al aeropuerto donde debía tomar un vuelo a Miami. Amaba los aeropuertos. Había una sensación de emoción y drama en ellos, amantes que se separaban, soldados partiendo, hombres de negocios. Jim entró por las puertas eléctricas de la terminal hacia el área con la alfombra roja. Dos jóvenes estudiantes universitarias con sus cabellos divididos tradicionalmente al medio lo miraban con un amigable interés. También se encontraba hambriento, pero el encuentro fortuito, el actuar sobre él, estaba fuera de su mente en ese momento.

Compró su boleto y abordó el avión. Tras el despegue logró dormirse con la facilidad de alguien que ha pasado mucho tiempo arriba de aviones. Una azafata lo despertó en un momento y le ofreció un sándwich que dejó reposar en su bolso colombiano.

En Miami, fue hacia el mostrador de la aerolínea ecuatoriana y tras mostrar su pasaporte oficial diplomático de un destacado color rojo que tenía por ser hijo de un oficial estadounidense, pagó el boleto. El vuelo de la aerolínea ecuatoriana era decente y más económico. Pero, aunque tuviera el mismo precio que el jet norteamericano que le proveía el servicio hacia Quito, Jim hubiera tomado la aerolínea ecuatoriana de todos modos. Prefería estar dentro de algo que se asemejara al ambiente latinoamericano lo antes posible.

Tras una espera de dos horas en las que se la pasó mirando gente y leyendo el trabajo de un historiador de izquierda, Jim bajó a la sección inferior del aeropuerto. No había sillones cómodos allí, ni sillas con televisión individual en las que sentarse. En un solitario banco contra la pared, había un hombre muy gordo con la piel morena. "Mestizo," Jim pensó, riéndose para sí mismo de cómo el hombre que estaba mejor en su país y a la vez alababa su fracción de sangre blanca sobre la de los indios, se veía y se sentía tan intrascendente en esta ciudadela de supremacía blanca.

Mientras estaba en la fila para abordar, vio a dos personas de mediana edad, de clase media norteamericana, negociando con uno de los auxiliares de vuelo sobre la carga de una enorme caja que estaba marcada como una T.V.

"Jovencito," el oficioso anciano norteamericano dijo, "Ya he hecho este vuelo antes y no deseo arriesgar esta televisión a que vaya en la bodega del avión."

"Lo lamento señor, si eso viaja, debe hacerlo en la bodega," el asistente respondió en un inglés bastante enredado.

Tras otros cinco minutos de discusión y un soborno, la T.V fue satisfactoriamente cargada en la cabina. El hombre y su esposa, quienes se veían claramente satisfechos con ellos mismos, cruzaron miradas con Jim. El hombre sonrió y dijo, "Solo hace falta saber cómo encargarse de estas cosas."

"¿Tiene algo de experiencia?" Jim lo interrogó con sequedad.

"Pasé diez años allí. Somos misioneros de Los Santos de los últimos días," dijo el hombre.

"¿En Ecuador?" respondió Jim. Sentía repulsión y poco respeto por los misioneros, no tanto por lo que hacían (la escuela y las estaciones de radio tenían sus beneficios) más bien por los motivos grandilocuentes y moralistas de los cuales se jactaban. Jim aborrecía cómo los misioneros odiaban hacer sociales con las personas que estaban intentando ayudar, viviendo en complejos rodeados de alambres de púas. Pero sus padres habían sido misioneros en India y él se sentía identificado con una pareja que lo había recogido en una oportunidad que estaba haciendo dedo en Colombia y lo habían llevado a su hogar a compartir una comida con ellos. En una pequeña arboleda, estas buenas personas habían establecido un orfanato donde atendían niños desnutridos y los enviaban a los Estados Unidos a hogares de adopción. Incluso Jim les había dado algo de dinero, aunque no le habían pedido nada. Aun más reflexionaba acerca de la bondad que le mostraron unos misioneros en África. Él no consideraba las acciones de los misioneros como erróneas, sino, su actitud de "No, lo estás haciendo todo mal. Y yo sé cómo hacerlo." El gobierno hace lo mismo, continuó pensando, solo sus motivos…

Su línea de pensamiento fue interrumpida por el avistaje de una dama estadounidense sonriéndole. Jim se sonrojó y le devolvió la sonrisa de modo natural.

"¿Eres Cristiano?" le preguntó ella suavemente.

"No, señora," Jim respondió, aunque en sus mentes la respuesta había sido algo como "¡Diablos, no!"

Su respuesta activó una reacción en la pareja que los observaba, la cual parecía mucho más ensayada, quizás por su rol como misioneros.

"Hijo," dijo el hombre piadosamente, dirigiéndose a él como si fuera un completo idiota, otro indio pagano a quien mostrarle la luz, "la biblia dice que Dios dio su único hijo a la humanidad para que puedan ser salvados. ¿Tú crees en Dios, hijo?"

Toda esta escena era tan bizarra a las 3:00 am que Jim momentáneamente tuvo el impulso de intentar convertirlo hablándole de un gurú del que un amigo le había estado hablando unas semanas antes. "Dios está presente en la tierra en la forma de R Maharaj Chaiai Singh Ji y yo soy uno de sus apóstoles." Intentando no volcarse en responderle con una locura o entablar un debate teológico con el misionero, Jim respondió a su pregunta diciendo que él era un ánima y creía que Dios era energía y veía a todo el mundo como una manifestación de esa fuente.

La esposa, que se había contenido hasta el momento, dejando que su esposo predique, miró a Jim con lástima e incluso con un dejo de disgusto.

"Hijo," el misionero dijo sosteniendo en alto su biblia, "hay una sola verdad y está escrita en estas páginas."

Misericordiosamente la fila comenzó a moverse y Jim pudo separarse de la presencia de los misioneros. "Si existe un infierno," pensó mientras avanzaba a paso redoblado hacia el avión "sería estar atrapado con gente como esa de ignorancia inflexible por toda la eternidad."

El avión era un viejo cacharro D-4 turboprop y claramente había tenido una mejor vida en el pasado. Jim se sentó en su asiento y se acomodó para dormir. Se quitó sus zapatos y mientras estaba inclinado, vio una cucaracha o escarabajo pasar por al lado de su mano. Jim se rio dichoso al ver esa señal de vida. "Preferible a esos tubos estériles," pensó comparando este avión al eficiente híper higiénico vuelo que había tomado de Washington a Miami.

Jim se despertó unas horas más tarde cuando el sol se elevaba sobre América Central. "Costa Rica," pensó. Se estiró para agarrar su bolso y sacó el sándwich que le habían dado la noche anterior. Miró su reloj. Eran las 5:30 de la mañana. Habían estado volando por más de dos horas. Debajo pudo vislumbrar el canal de Panamá con sus gigantes barcos que seguían su curso por el estrecho. La visión del canal le trajo a la mente una conversación con un amigo de su familia que trabajaba en la oficina de servicios internacionales. El solemne caballero de edad avanzada se había estado riendo ante los dichos de Panamá sobre la negativa a renovar el alquiler del canal y que procederían a tomar control de la operación ellos mismos.

"Ya ven," resopló estruendosamente el viejo sujeto, "aun si estuviéramos de acuerdo, el resto del mundo jamás accedería. Colombia los invadiría en minutos. Los panameños no tienen idea de mantenimiento. Destruirían el canal. El latino deja que las cosas se echen a perder. Todo lo que les interesa es llevarse la mayor cantidad de beneficios posible hasta que el recurso se agote irrevocablemente. Han matado a cada gallina de oro que lograron usurpar." Se rio, claramente satisfecho con la divertida expresión.

Jim había recorrido Panamá en el pasado. Había partes que permanecían intactas de la mano verde de EE.UU. que eran muy bonitas y la gente muy cordial. Pero la ciudad de Panamá, como San Juan, Puerto Rico era un heterogéneo contraste entre el comercialismo norteamericano y la cultura latinoamericana.

El avión aterrizó en Tucumán por solo unos treinta minutos. La terminal del aeropuerto estaba llena de máquinas de juegos, una tienda de cámaras y otros negocios destinados a atraer turistas. Antes de quedarse allí adentro con todo eso, Jim se paró debajo del sol matutino mientras deshacía la neblina posada en la jungla. Incluso a esas horas, el día era cálido y el agua de una lluvia nocturna comenzaba a evaporarse en la pista de aterrizaje. El gran jet norteamericano que recorría la misma ruta procedió a despegar de la pista

Quince minutos más tarde se encontraban en el aire nuevamente volando a Cali, Colombia.

En la terminal dos hermosas jóvenes se acercaron a Jim y sonriendo tímidamente intentaron hablarle en inglés. Una de las emociones de viajar en Latinoamérica era la forma en la que las mujeres lo miraban. El suponía que su altura y el hecho que era rubio les era atractivo a las mujeres latinas por la dominación de las películas, televisión y comerciales de los Estados Unidos. Siempre lo sorprendía cuando veía modelos rubias en las carteleras de ciudades latinoamericanas donde casi todos tenían pelo oscuro. Las chicas se derritieron cuando les respondió en español. Jim se sentía más cómodo con estas chicas que con las que había dejado en los Estados Unidos. Quizá era su interés inocente y virginal en él como hombre estadounidense. Las muchachas se sintieron devastadas cuando se enteraron de que Jim no se quedaría allí y le hicieron prometer que las llamaría cuando vuelva.

"Buscando casarse," pensó Jim. Se te tiran encima con todo ese fuego latino. A veces era difícil decir que no. Jim consideró que el ser norteamericano lo convertía automáticamente en una persona rica a sus ojos ya que casarse con él sería un boleto a los Estados Unidos. "Es difícil de notar," concluyó, "si te quieren a ti o si quieren ir al mágico Mundo de Disney donde las calles están pavimentadas con oro y alineadas con máquinas lavaplatos. Pero bien, no deja de ser halagador. Un extraño estadounidense nunca se acercaría a ti de ese modo y ¡son tan hermosos!"

Tras un vuelo de cuarenta y cinco minutos sobre las verdes y fértiles montañas, los picos bañados en nieve de Los Andes comenzaron a aparecer. Con el avión volando sobre la ciudad de Quito, Jim pudo ver el verde mosaico de pequeños campos que se extendían hacia las montañas en un ángulo tan pronunciado que parecían difíciles de pasar caminando, mucho menos trabajar su tierra. En medio de las colinas, había valles y enormes montañas que llegaban hasta las nubes. Ocasionalmente, las nubes revelaban partes de unos volcanes inactivos tapados con nieve. Enormes nubes de tormenta se elevaban sobre la jungla en ambos lados de las montañas. Absorbió toda esa belleza verde del campo que resplandecía como una esmeralda flotando bajo el sol. A 3.000 kilómetros y a 40 kilómetros del Ecuador, el sol iluminaba todo lo que tocaba con su brillo y aquello era sorprendente.

Dentro del aeropuerto, un joven norteamericano se estaba quejando de que le habían robado su abrigo. Por todos lados se podía ver a personas marrones de baja estatura, pero anchas de pecho debido a la elevada altitud. Jim se movió por la aduana sin hacerle caso al servicio de taxi allí fuera, siguió caminando hacia la calle para tomar un micro. En el camino pasando el aeropuerto, autos de la clase media pasaban uno tras otro.

Jim esperó frente un edificio de dúplex casi terminado. A su alrededor lo nuevo, lo viejo y lo hermoso se fusionaban. La ciudad estaba creciendo rápidamente alrededor de las colinas donde antiguos campos estaban siendo trabajados con máquinas modernas recientemente adquiridas.

Los buses que regularmente pasaban eran pequeños y estaban repletos de gente. Jim intentó abordar varios pero su equipaje, bolso y tamaño le impedían acomodarse en los vehículos. En vez de tomarse un taxi, caminó lentamente por una hora, admirando las vistas, disfrutando cada paso dado por el Amazonas, en medio del área de media clase residencial por un amplio boulevard.

Como en cada gran ciudad del mundo, había señales familiares de compañías estadounidenses, europeas y japonesas. Era de aquellas ciudadelas que el comercio y los recursos eran controlados y explotados. Mientras Jim se acercaba al centro de la parte moderna de la ciudad, comenzó a ver blancos. Evidentemente eran mestizos, indígenas con ancestros blancos y los que seguían unos escalones arriba de la jerarquía social-económica. Frente a un lujoso hotel, unos indígenas vendían alfombras y chucherías a los ricos turistas. La gran mayoría de la población eran indígenas pobres que vivían en la pobreza rural, fuera de la economía, intercambiando sus ganados por otros bienes. Los que vendían alfombras le llamaron la atención a Jim. Los reconoció como los famosos Otavalo, los judíos de Ecuador. Había escuchado que estos vendedores aparecían por todo el mundo para vender sus hermosos productos. Los había visto en Bogotá con su distintiva apariencia de pelos negros trenzados, con pantalones hasta las pantorrillas, ponchos azules y a cuadros.

Jim se detuvo a almorzar en un pequeño restaurante alejado del camino principal. "Ah, una buena cerveza," pensó y se ordenó una pilsen. La botella llegó finalmente, era de un litro y Jim comenzó a verterla rápidamente en un vaso. Se detuvo cuando la espuma llegó al nivel que usualmente llegaba, le gustaba con bastante espuma. "Ah, mierda," pensó mientras la cerveza continuó creciendo fuera del vaso como si fuera una fuente interminable. "Me olvidé de la altitud," pesó mientras limpiaba la cerveza derramada.

Un estadounidense alto y rubio con un bigote estilo Fu Manchu y una playera de los Grateful Dead se acercó a la mesa. "Tienes que cuidar tus cosas," le dijo.

Jim le sonrió por compromiso al sujeto. No quería tener que lidiar con un americano ahora pero el muchacho era amistoso y su novia muy bonita.

En los próximos días llegaron a ser muy buenos amigos. Wally o Walrus como se llamaba, había estado pasando por Quito cuando lo reclutó un equipo de básquet local. Ahora era una especie de héroe local y amaba el rol de "enfant terrible". Era como King Kong entre los pequeños ecuatorianos, pero a diferencia de éste, él lo disfrutaba. Una noche, para bochorno de Jim, hizo enojar a unos jóvenes ecuatorianos desafiando su machismo. Les apostó que no podrían vencer a su novia Suzanne en una pulseada. Suzanne era atlética, venció a los jovencitos y Wally comenzó a llamarlos "maricas".

Jim intentó suavizar las cosas, pero Walrus continuaba mofándose de ellos. Terminó corriendo en el medio de la calle como un pollo gritándoles, "Chicken, pollo, pollo."

Jim lo odió por eso y sintió deseos de unirse a los ecuatorianos para partirle el culo, pero al mismo tiempo, ver a Walrus saltando con el culo hacia atrás por la calle era hilarante. Los ecuatorianos, sin embargo, no veían la gracia de sus acciones y comenzaron a moverse hacia él de forma amenazadora. Wally se volvió y miró fijamente a los ecuatorianos. Parecía como si fueran a comenzar la pelea en cualquier momento. Luego Wally se dio la vuelta y se fue corriendo a carcajadas. Los ecuatorianos se quedaron confundidos. Luego sintiéndose ya más valientes se subieron a un scooter y lo siguieron desde una prudente distancia, gritándole cosas en el proceso. Wally podría haberlos destruido si se hubieran acercado lo suficiente, pero él tomó todo el asunto como una gran broma.

Tras ese incidente, Jim se alejó de los dos norteamericanos. Con el pasar de los días en la pacífica ciudad, la mente de Jim parecía despejarse y lograba pensar con mayor claridad. Aunque su español era adecuado, no era muy hábil para hablar. Del mismo modo, el tiempo que habría pasado mirando televisión y radio en los EE. UU., aquí era llenado con más encuentros inmediatos con la vibrante vida de este país ajeno. Jim comenzó a sentir que podía escuchar y entender mejor.

Pronto la escuela comenzó. Hizo nuevos amigos, encontró un amante y se metió de lleno en sus clases. Hizo un cómodo balance entre la sociedad y su soledad.

Un día Jim volvió a ver a Wally en un partido de básquet en el parque. Durante un tiempo de descanso, Wally consiguió un frisbee y él y Jim comenzaron a jugar en el césped. Una multitud de ecuatorianos se reunió. Era mayormente la gente del campo la que parecía preferir el parque a las calles mientras estaban en la ciudad. Estaban sorprendidos con el vuelo del objeto y las atrapadas que ambos hacían. Jim se avergonzó con la situación y se sentó. Otro amigo suyo agarró un envío entre las piernas y esto provocó que la audiencia se vuelva loca. Dos jóvenes ecuatorianos persiguieron un mal envío, pero no pudieron atraparlo en el aire. Luego intentaron tirar el frisbee, pero no podían hacer que vuele derecho, lo que hacía que el dispositivo sea mucho más sorprendente a sus ojos.

Observando la escena Jim pensó, "Incluso nuestros juguetes son objeto de asombro para estas personas." Nuevamente se encontró maravillado por la tremenda brecha que separaba su cultura de la suya. "Cuán extraños somos el uno al otro," continuó pensando. "Cuán extraños son para mí."

Por más que disfrutaba Quito, sus viajes al campo eran lo más interesante para él. Las ciudades capitales de los países pobres del mundo eran bastiones de las elites. Son muy parecidas a los Estados Unidos. Era gracioso para Jim ver cómo los norteamericanos volaban de una capital a otra y sentir que, de esa forma, habían experimentado el país que habían visitado. Una vez, Jim y un amigo estaban comiendo un aguacate en una calle de lodo en una pequeña y pobre villa en las afueras de Quito, cuando un gran micro con aire acondicionado lleno de norteamericanos llegó. El conductor y el guía salieron a comprar algunos aguacates para los pasajeros. Algunos de los más aventureros se atrevieron a salir y pararse fuera del ómnibus. Jim los veía tan extraños con sus cámaras y prendas de punto. Se movían en masa en estos buses y lujosos hoteles como si fueran sistemas de sostén vital para mantenerlos vivos en un extraño e inhabitable planeta.

Bill, un estudiante muy amigable de Wyoming, se acercó al autobús y se puso a mirar a las personas como si fueran pececitos en un acuario, riendo y señalando con el dedo a varios. Los pasajeros sonrieron y se rieron con él. Algunos incluso salieron para poder conversar con Jim y Bill.

Estaban fascinados y asombrados con el hecho que ambos estaban haciendo dedo. "Es genial cuando eres joven," dijo uno, desviando la atención de sí mismo y su falta de experiencias a pesar de ser más viejo.

La pobreza de las grandes ciudades era más perturbadora para Jim que lo que había experimentado en las zonas rurales. Allí había la mayor cantidad de pobres y los contrastes no parecían tan marcados y deprimentes. No había hordas de niños mendigos ni pobres descalzos paseándose cerca de casas ricas rodeadas por altos muros, coronados con vidrios rotos para recordar a Jim el eterno conflicto de la sociedad humana.

Durante los fines de semana, Jim se iba de Quito. A menudo para ir a alguna pequeña ciudad en el día de mercado. Todos los granjeros y artesanos de las zonas aledañas se reunían para hacer trueques e intercambiar cualquier excedente que pudieran tener. En aquel mercado también había productos manufacturados de plástico y metal. En los mercados más grandes se podían encontrar incluso finas artesanías indígenas que buscaban captar la atención de los turistas. El mercado estaba en constante actividad y movimiento desde temprano por la mañana hasta la noche. Pequeños puestos hacían las veces de tiendas y mientras Jim paseaba por entre ellos, escuchaba como gordas señoras marrones gritaban "¡Para Usted caballero! - Para tú, señor. Venga a ver. Mira, mira todo lo que tengo para ofrecerle."

Jim había tomado un autobús local con uno de los aldeanos y su hijo cuando un mestizo se acercó y exigió su asiento. El negro mansamente comenzó a levantarse de su asiento. Jim se puso de pie y tuvo que agacharse en el pequeño autobús, y mirando hacia abajo al hombre pequeño le dijo: "Aquí, cerdo, puedes tener mi asiento. Quiero que este hombre, mi amigo, se sienta cómodo." Otros alrededor, que habían estado escuchando, se rieron de la escena y las palabras de Jim. El hombre parecía que quería disculparse, pero se volvió balbuceando, "No sabía que era su amigo."

"No hay nada distintivamente americano en el racismo", pensó Jim. No le gustaba imponer sus valores a otros, mucho menos siendo un invitado, un extranjero, pero el negro era su amigo y Jim se sintió justificado, aunque ahora se lamentaba de haber llamado al hombre un cerdo.

Cuando regresaron a la aldea, ya se había desparramado la noticia de lo que había hecho Jim. Esa noche Jim se sentó en la cabaña de la anciana, Mina, donde se estaba hospedando y la escuchó hablar de su pueblo. "No somos de estas montañas. La madre de mi madre me habló de nuestro camino antes de que nos llevaran lejos de la costa. Mi hijo viajará allí tal vez, pero," se rio ella, "No me gusta la fruta".

Jim le contó de Alonso de Illescas, un esclavo que había logrado liberarse y que había gobernado la República de Zambo, un área que se extendía desde Esmeralda a Colombia. Ella quedó fascinada por esta historia. A partir de entonces Jim no podía volver a la aldea sin tener la obligación de contar historias de este negro guerrero que había derrotado a todas las expediciones militares españolas enviadas para derrotarlo. Quien renunció al dios católico y su rey, diciendo que "Dios es un dios de la libertad, dios de la vida, que está más allá de lo humano, imperios, iglesias."

Jim se sentó allí pacientemente, tratando de entender el español roto que utilizaba la anciana. Otro miembro de la familia vino y dijo, "Suficiente, anciana. Jim es nuestro campeón. No quiere escuchar sus cuentos viejos. Vamos, amigo, vamos a beber aguardiente."

En la mención de la palabra, las entrañas de Jim convulsionaron. Esta bebida era la bebida alcohólica de fabricación casera preferida por los locales y se traducía literalmente como "agua de fuego". Extrañamente, a Jim le gustó, aunque todavía era difícil acabar tal bebida. Se acercó a otra choza donde un había una lámpara de querosén colgada sobre la puerta. La habitación estaba llena de fuertes obreros ya borrachos y de buen humor. La entrada de Jim a la habitación motivó una ronda de palmadas en su espalda y saludos hacia él. "Amigo, amigo, ¡bebe!" Una botella apareció de la nada en su mano. El cuarto estaba lleno de un fuerte hedor a sudor y fuertes bebidas alcohólicas. Jim tomó un sorbo de su bebida y le dio náuseas de solo olerla. El trago quemó su garganta y sus ojos comenzaron a llorar. Pronto, una agradable sensación de calor llenó su pecho y comenzó a sonreír, sintiéndose bien en donde se encontraba con la compañía que lo rodeaba. Sintió un gran compañerismo entre él y los presentes en aquel cuarto. Ocasionalmente, la habitación atestada se llenaba de risas. Jim no podía resistirlo, aunque a menudo no tenía idea de qué era de lo que se estaban riendo.

"Jaime," un robusto hombre que estaba muy ebrio dijo, "tú eres el único blanco a quien considero un amigo. Los otros vienen en autos a la fábrica. Dime, amigo, ¿cómo puedo obtener un auto?"

Otro lo escuchó y se rio a viva voz. "¡Aníbal quiere un auto!"

El cuarto se llenó de risas y Aníbal los acompañó con una tímida sonrisa.

"Sí, quiero un auto. Quiero ir de aquí a la ciudad y quedarme con mi amigo Jaime," dijo dándole una palmada en la espalda.

Se siguió hablando sobre el auto de Aníbal, pero luego la conversación se desvió por mucho tiempo en el problema de una cabra que no estaba dando leche. "¿Estás seguro de que tu cabra no tiene pelotas?" alguien preguntó. "Ulises aquí mató a su gallo porque no ponía huevos." El cuarto estalló en risas. Ulises agarró una guitarra y comenzó a cantar una canción sobre un burro que pensaba que era un caballo.

Jim salió y se sentó bajo un árbol cerca del río. La aldea estaba a oscuras. Ocasionalmente, una tenue luz de una vela brillaba a través de las maderas de las chozas. Jim se puso a mirar las estrellas. Mientras más al sur estaba, más simétricas parecían. Era como si pudieras conectar los puntos para formar estrellas más grandes, triángulos, cohetes espaciales o lo que se te ocurra. Siguió a Orión con su vista hacia donde pudo en el horizonte y las montañas. Debajo de las oscuras pendientes del bosque, el río seguía su curso. En ambos lados del río había campos. A unos cuatrocientos metros por el río se podía ver una única luz brillante que marcaba dónde comenzaban los grandes edificios de la fábrica textil. Jim sonrió. "Esa fábrica debería pertenecer a estas personas," pensó. "Deberían tomarla." Sus pensamientos lo llevaron a los viejos métodos, a esa sensación de furia y desesperación sobre las injusticias corría su mente como una rima ensayada. Ese pensamiento era un viejo diablo que no se iba con ninguna solución, solo se le podía sonreír sin remedio. "Estas personas podrían tomarla con sus propios medios. Pero el gobierno vendría con armas. El dinero protege al dinero. Solo los ricos pueden permitirse comprar armas. ¿Y quién vende las mejores?"

De repente, reprendió a sus pensamientos. "¿Por qué me preocupo? ¡Basta!" se dijo a sí mismo. "Me encuentro sentado en medio de esta belleza y sufro por estos hombres. No hay nada que pueda hacer al respecto. Disfruta de la belleza," se consoló. "La tierra, la energía avanzará cuando esto haya pasado". "No puedes cambiar el mundo", su abuelo le había dicho una vez. "No puedes cambiarlo, sólo experimentarlo y aceptarlo." Las palabras recorrieron su mente como una lata cayendo por una montaña, vacías y resonando hasta volverse silencio.

La estadía de Jim en Quito estaba pasando rápidamente. Hacia el fin de término, recibió una carta que le avisaba que Zach Taylor, un viejo y alocado amigo estaría llegando pronto a Quito para visitar a otro mutuo amigo que ahora vivía en Argentina. Jim tenía planes similares, pero planeaba viajar solo. Un temor creció en su interior ante la idea de viajar con Zach por Sudamérica.

La estadía de Jim en Sudamérica lo había cambiado para mejor, pensaba. Ya no sentía que este viaje era un confundido escapismo, se sentía más centrado, en paz consigo mismo. Ahora la locura, la agradable locura de Zach se acercaba.

En muchas formas, él y Zach eran opuestos. Lo serio que Jim intentaba ser en todos sus asuntos, Zach era despreocupado y rebelde. En algunas oportunidades casi parecía que eran literalmente opuestos, como blanco y negro. Ambos eran apuestos y las mujeres los consideraban atractivos. Sin embargo, la actitud de Jim al respecto era esperar y entablar un contacto cuidadosamente. Zach, como él lo había visto hacer tantas veces, entraba y salía de relaciones en una semana. De la misma forma su amigo tenía una brillante capacidad para que cualquier situación se vuelva absurda, tanto en acción como usando su elocuencia. El efecto que tenía en ocasiones era sorprendente, y Jim no estaba seguro de permitirse ser llevado por las narices por semejante maniático.

En una oportunidad, Zach llamó a Jim en Washington, D.C y lo invitó a Virginia a jugar al tenis. Jim había llegado y Zach, como solía pasar, estaba lejos de estar listo.

Finalmente, ambos llegaron a las canchas públicas y todas estaban ocupadas.

"J.K" Zach había dicho, "que tonto he sido. Podemos ir a jugar a la casa de unos amigos de la familia. Tienen una cancha al lado de su piscina."

"¿Los conoces personalmente?" Preguntó Jim sospechando de su amigo.

"Si, seguro," Zach había respondido.

Así ambos condujeron hacia esta puerta de gran envergadura y dentro de una larga entrada que atravesaba un césped impecable. En un momento Zach le pidió a Jim que se detenga. Zach se asomó por la ventana y le preguntó a uno de los jardineros, "¿Dígame, hombre, para dónde están las canchas?"

El viejo moreno sonrió y le señaló que siga su camino hacia donde estaba el sauce.

Jim le preguntó, "¿Cómo es que no sabes dónde están las canchas?"

"Hace tiempo que no vengo, J.K. Ah, allí están. No creo que haga falta preguntar. Empecemos. Aguarda un minuto." Nuevamente se dirigió al canoso jardinero. "Dígame, ¿se encuentran en casa los Pearsons?"

"No," dijo el hombre, "No hay ningún Pearson aquí, solo Adams. El Sr Luke Adams."

"Ni siquiera sabes sus nombres!" exclamó Jim. "Vamos, vayámonos de aquí."

"J, J.K.," Dijo Zach estirando la "K" en un largo suspiro. "Está bien, hombre. Solo soy terrible con los nombres, tú sabes eso."

Después de dos parejos sets y un baño en la piscina, comenzaron a prepararse para irse. Zach se había ido detrás de un arbusto para recuperar una pelota y Jim se estaba poniendo su camisa.

Jim se volvió y se encontró con un rojo y furioso semblante que lo observaba por encima del seto.

"¿Y puedo saber quién eres tú?" dijo el hombre que Jim ahora estaba seguro era el dueño del lugar.

Jim parpadeó estupefacto y comenzó a tartamudear con la certeza de que estaría en la cárcel para el anochecer. En ese momento Zach llegó a toda velocidad, con los brazos extendidos.

"¡Señor Adams!" exclamó. "Zach Taylor," dejó caer su nombre. "Me recuerdas, ¿verdad? el hijo de Nancy. Traje a Jim a que te conozca. Es un profesional, enseña tenis. Le conté cuan bueno era usted y quería retarlo a una partida. ¿Verdad, Jim?" Zach preguntó, dándole una palmada en la espalda.

Jim tan solo siguió parpadeando, sorprendido ante la descarada resolución que tomó Zach y las mentiras que escupió, una tras otra.

"Bueno," dijo el señor Adams. "Hoy realmente no puedo, pero vuelvan el lunes por la mañana para que podamos echarnos unas partidas."

"Bien," dijo Zach, "Bueno, tenemos que irnos. Gracias por la hospitalidad. Hasta luego".

"Salúdame a tu madre de mi parte," gritó el señor Taylor mientras partían. "Y hazme el favor de pedir permiso la próxima vez que quieran usar las canchas."

Jim siguió a Zach y peleó contra el impulso de huir corriendo a toda velocidad de allí.

Con un saludo final, Zach musitó. "Está bien, J. Está bien."

"¿Conoce a tu madre realmente, Zach?" Preguntó Jim.

"Seguro hombre, todos conocen a mamá, tú sabes eso," Zach dijo, estallando en risas y esperando que Jim le devuelva un choque de palmas.

De más está decir que ellos no regresaron el lunes siguiente.

El día de llegada de Zach llegó y se fue. Tras regresar de un corto viaje a Bogotá dos semanas después, Jim encontró una nota en la escuela que decía, "J.K, He llegado, me estoy hospedando en el Hilton, Pensión Hilton, que está ansiosamente esperando nuestro reencuentro y dulce, dulce reunión. Con amor. Z Taylor."

Jim se apuró en llegar la pensión, un pequeño y barato hotel en la nueva parte de la ciudad. Tras preguntar en el mostrador por Zach, un sujeto con el pelo ondulado y castaño se dio vuelta y preguntó.

"¿Es usted, JK?"

"El mismo," dijo Jim.

"Bueno, yo soy Jeremiah y estoy viajando con Zach. Él está en su habitación, en el pent-house."

"¿El pent-house?" preguntó Jim.

"Si, ya verá. Vamos. Estará feliz de verte."

Jim y Jeremiah subieron unos peldaños frágiles. Fuera de la ventana Jim podía ser un maizal con una soga para colgar ropa tendida a lo largo. Podía escuchar gallinas cacarear. En el techo del edificio una carpa en forma de domo estaba tendida. Zach estaba sentado y escribiendo en el sol. Al ver a Jim, saltó de su asiento y corrió a abrazarlo.

"¡J.K., viejo amigo!" dijo, obviamente exaltado ante su presencia. "Ha pasado mucho tiempo, hombre."

Jim se rio y dijo en una especie de imitación de "Amos and Andy" (serie norteamericana de los años 50') que usualmente utilizaba con Zach. "Vamos Z, sé que estás feliz de verme, pero vas a estar aun más feliz cuando veas lo que tengo para mi viejo amigo Zach. Un poco de la mejor hierba de Colombo."

"Oh, sí," dijo Jeremiah, cuyos ojos brillaban todo el

tiempo, pero cuando estaba contento o excitado se parecían a dos lunas llenas centelleantes y en ese momento estaban a tope.

"Jim," dijo Zach. "Este es mi buen amigo y compañero de viaje Jeremiah Gold, conocido como Oro por estos lados. Ahora estrechen manos y vengan conmigo."

Pasaron la tarde y primeras horas de la noche fumando, conversando y escuchando a Zach tocar la guitarra en el techo. Las verdes colinas se veían brillantes bajo el sol ecuatoriano.

"Diablos, Jim, no puedo creer que estoy aquí. Esto es increíble," dijo Zach. "Demos una caminata."

Dejaron el hotel bajo la luz del atardecer, procedieron hacia la calle residencial y encararon hacia la principal de la ciudad. En una esquina, una vieja mujer indígena con un brillante pero sucio chal se encontraba vendiendo aguacates por un centavo cada uno. Las líneas en su cara parecían ser trazas de agua a través del lodo. Pasaron por una catedral donde otras ancianas entraban y salían por sus puertas. Una pandilla de lustrabotas se abalanzó sobre ellos como gaviotas sobre un tiburón encallado. Mezclados entre la multitud, había pordioseros, pequeños niños que se les acercaban con las manos extendidas, sus cabezas inclinadas con sus marrones ojos suplicantes mirándolos, tras obtener una moneda, se irían corriendo a carcajadas. Valía la pena ver a esos ojos florecer como una margarita en cámara rápida, floreciendo en primavera.

En la calle principal el tráfico de hora pico resonaba. Mientras el trío se acercaba más a la parte antigua de la ciudad, las calles se volvían más angostas y los edificios más precarios. "Hombre, esta gente es demasiado. ¿De verdad viven aquí?" preguntó Zach.

"Algunos sí. La mayoría se queda en el campo u otras

ciudades y vienen aquí a comerciar," dijo Jim. "Ahora, caballeros, comamos un ceviche de camarones."

Los tres se escabulleron en un pequeño restaurante. Sus paredes eran verdes y sucias. Había solo tres pequeñas mesas.

"¿Puedo comer lo que yo quiera?" Preguntó Zach.

"Ten cuidado con vegetales crudos y el agua," dijo Jim. "Yo como todo. Pero tengo amebas." Tras ese comentario, Jim dejó salir un gran y sulfúrico eructo para demostrarlo. El hedor se desparramó por toda la mesa.

"Genial," dijo Jeremiah.

"¿Recuerdas aquellos juegos de básquet después de almorzar en Viena?" Zach preguntó y dejó salir un eructo él también.

Tras la cerveza y el ceviche, una mezcla de pequeños camarones, cebollas con salsa de vinagre y rodajas de maíz tostado, los tres caminaron hacia una amplia plaza. En cada lado había calles angostas con pequeñas tiendas y restaurantes. Un micro estaba preparándose para partir hacia Ambato. Unos indígenas ataviados con unos brillantes ponchos rojos y sombreros con sus hijos vestidos igual esperaban el autobús en la esquina. Pequeños hombres musculosos gritaban y llevaban fardos pesados que luego serían almacenados en el techo.

"Aquí es donde usualmente como," dijo Jim, señalando el centro de la plaza. Unas mujeres se sentaban frente a unas cestas abiertas con mazorcas cocidas, huevos, cerdo o sopa. "Puedes conseguir una comida completa por solo centavos aquí."

El grupo regresó al hotel y fumaron un poco más.

"¿Qué sucedió con la banda?" Jim le preguntó a Zach.

"Bueno, me echaron en Houston, pero lo que saqué de la banda es lo que está pagando este viaje."

"¿Qué pasó?"

"Estábamos tocando en el Astrodomo. Podías escuchar las notas que tocabas sonar un minuto tarde rebotando por todos lados. Los monitores del escenario estaban cagados. Me echaron toda la culpa a mí. Pero no fue todo malo. Estaba bastante deprimido en el backstage cuando esta flaca se me acercó con sus ojos maquillados con glitter. Comenzamos a hablar y no paraba de mirarme lujuriosamente."

En este punto Zach se encontraba en completo control de su audiencia y los transportaba hacia un placentero recorrido erótico. Jim supo que, si bien había un ápice de verdad en todo el relato, éste era deliberadamente adornado con patrañas pequeñas mentiras para que todo suene más grandioso.

"Entonces," dijo ella. "Odio la idea de que te quedes en un hotel. Deberías quedarte en mi casa. Entonces pienso, ¡Oh sí! Le doy un pequeño beso y diablos, me mete la lengua y se pega a mi cuerpo. Entonces le digo, cariño, salgamos de aquí. Vamos en auto hacia su casa y resulta que sus padres no estaban en la ciudad. Incluso su abuelo estaba sentado allí debajo de unos grandes cuernos en la pared. ¡Una locura! Entonces estamos en esta alfombra de lana besándonos y meto mi mano en sus bragas. Y mierda, muchachos, la chica estaba mojada y yo procedí a entrar. Resulta que iba a una universidad de mujeres y estaba muy excitada. Le dimos toda la noche. Todavía sigue buscándome. De hecho, no me molestaría ir a verla ahora mismo."

Jim se rio y dijo, "Hablando de eso, hay unas damas que están esperando nuestra compañía con ansias. Carol, mi vieja, ha juntado algunas amigas para mi amigo, la estrella de rock."

Zach golpeó el piso con sus botas de excursionista y dijo, "¿Les dijiste que solo era asistente de banda?"

"No, solo que te habías ido de gira."
Zach sonrió. "¡Que ocurra lo que tenga que ocurrir!"

Oro y la pipa

09

Dos días después Zach se despertó a primera hora. La chica que Jim le había presentado estaba durmiendo con él. Alice estaba interesada en él. Ella lo había llevado a conocer Quito y sus ciudades alrededor. Habían comprado cinturones y camisas en las tiendas.

"No guardes tu billetera en el bolsillo trasero", le advirtió ella.

Zach respondió con un acento hindú exagerado: "Está bien, mamá, esta billetera tiene una garantía especial respaldada por el karma. Está bendecida por el gurú Swamaimommi."

"Bueno, vas a necesitar algunas vibraciones poderosas en América Latina, especialmente en Colombia", dijo sonriendo.

"¿Cuánto tiempo planeas estar aquí?" preguntó Zach.

"Todo lo que me permita el dinero que me queda", dijo con un peculiar timbre en su voz. "Cualquier lugar es mejor que EE. UU."

Zach había oído ese tono antes, cuando vivía en Europa. Fue extraño para él. Cada país tenía su propio encanto. A pesar de toda su modernidad, Zach encontraba EE. UU abrumador, pero al mismo tiempo le encantaban los desafíos y los juegos que otros detestaban o temían. Entre sus amigos, él era quien más hambre de fama tenía. La fama es lo que había arrebatado a Zach fuera del rock and roll, en donde era un asistente de bandas. Quería ser una estrella, ser reconocido en una multitud y que mujeres hermosas desearan dormir con él sólo por su fama. En EE. UU. mientras unos viven pagando cuentas y alterados, los famosos eran las élites, vivían en pequeños vecindarios con otros famosos, un lugar en donde todos te reconocen y saben todo sobre ti.

La política atrajo a Zach. Fue aquí donde vivir en el centro de la atención era el mayor desafío. El rock and roll estaba sucediendo ahora. Ladrones feudales, reuniones entre jeques y su padre embajador, el norte de África, inauguraciones presidenciales, las experiencias fluían a través de la mente de Zach. Como estaba drogado, esas ideas sólo volaban con solo ver el flujo del río. Al levantarse para tomar el tren de las cinco, la idea se atascó en su mente, mientras que otros pensamientos fluían como un río alrededor de una isla de arena.

Zach se despertó. Afuera ocurría algo agitado. Despertó a los demás. No se sentía cansado. "Guarda eso para el tren", pensó.

Los tres caminaron hacia la oscuridad. Había una luz brillante fuera del hotel. Continuaron por una calle adoquinada. "La calle más antigua en Quito", murmuró Jim, mirando hacia una pequeña cavidad de oscuridad a su derecha. Un indio borracho tropezó mientras intentaba cantar. Llevaba puesto un viejo sombrero panameño, pantalones largos hasta las pantorrillas y un poncho oscuro.

"Oye, gringo", exclamó con tono burlesco.

"Hola campesino", replicó Jim.

"¡Jeje!", él sonrió.

En una plaza, los micros estaban alineados y multitudes de indios se amontonaban en la oscuridad. Otros dormían debajo de los techos.

El autobús retumbaba sobre los adoquines.

En la estación, diez personas, obviamente turistas, estaban esperando el tren. Había una joven pareja de franceses que decidieron tomar un tren que salía dos días más tarde porque no pudieron sentarse juntos en el tren que salía ese día. El tren era en realidad un ómnibus convertido para su uso en las vías. El autocarril partió al amanecer atravesando la parte más pobre de Quito. Lo que se podía observar eran casas humildes esparcidas por la ladera a medida que el tren pasaba por encima de ellas y, por otro lado, una niña pequeña con un vestido desgarrado tratando de abrirse paso a través de una alcantarilla que estaba detrás de su casa. El autocarril zigzagueaba entre el valle de Quito y las montañas que rodeaban pueblos que tenían casas parecidas a chozas africanas. Por momentos, el camino era tan empinado que el tren tenía que bajar la velocidad. De esta manera bajó zigzagueando hacia la selva.

Zach dormía un poco y luego observaba el paisaje. Había un asiento desocupado en la parte delantera del tren, al cual se acercó. Se sentó junto a un hombre estadounidense de aspecto conservador, vestido de traje y corbata.

"¿Te importa si me siento aquí?" preguntó Zach.

El hombre sonrió a Zach amistosamente. Era medianamente alto, calvo y llevaba gafas.

"Esto es un tren, ¿eh? Más bien un autobús diría yo."

"En realidad es un autobús", dijo el hombre. "Un autobús en las vías."

Zach sonrió al hombre benignamente. "¿De dónde eres?" le preguntó.

"Nueva York. Vine especialmente a pasear en el tren."

"¿Estás interesado en los trenes?"

"He viajado en trenes de todo el mundo."

El hombre era contador y pasaba sus vacaciones cada año viajando en trenes. "El año que viene es el Transiberiano."

Al otro lado del pasillo una pareja joven, no mucho mayor que Zach, estaba comiendo cada uno de una bandeja que contenía su almuerzo.

"¿De dónde sacaste eso?" preguntó Zach. "No pensé que encontraría un sándwich de jamón a mil kilómetros a la redonda."

El joven, guapo pero delicado, sonrió y explicó: "El hotel los preparó para nosotros. Estamos haciendo un tour. Mañana volamos de regreso a Nueva York."

Zach de repente sintió que había pasado por todo esto antes, un dejá vu. Era extraño, como si todo tuviera eco. Cuando estuvo a punto de contarles sobre sus propias experiencias de viaje, un eco, un pensamiento se le cruzó por la mente sólo para escuchar y no hablar. La parte de su mente hablando con él era como una voz. La voz de su mente no debía ser re estimulada. Escucha cuando alguien te está hablando. No pienses en tus propias experiencias.

Zach se sentó en su asiento. El espejo que estaba arriba del conductor reflejaba los pechos de la chica sentada al otro lado del pasillo. Si fuera una estrella de rock, las chicas vendrían a él, incluso aquí. Todo lo que tenía era su encanto. Algunas personas se preocupan por ello todo el tiempo, siempre en busca de un novio o una novia. Sólo tienes que dejar que suceda.

El tren estaba en la jungla ahora. La gente era morena y físicamente más grande que la gente de las montañas. Por la noche el tren se detuvo en una estación al otro lado del río de Guayaquil. Unos chicos corrieron para tratar de subir con sus maletas y otros para ver qué podían robar. El aire era caluroso y la humedad se aferraba a la piel como un paño húmedo. Mientras un barco trasladaba a los pasajeros a través del amplio río, Zach observaba cómo flotaban los escombros.

"No sé ustedes chicos", dijo Jeremías, "pero a esta ciudad le va a costar soportarme. Hombre, hace calor."

"Estoy a punto de volverme loco", dijo Jim. "Sólo una

gran ciudad."

Los tres entramos en un hotel. La recepción estaba en un gran patio ubicado en el segundo piso. Había un ventilador girando en el techo. Después de una ducha fuimos a caminar por un amplio boulevard hasta que llegamos a la orilla del río, nos sentamos en un banco y mirábamos a las ratas correr en las rocas. En el camino de regreso al hotel nos cruzamos con un grupo de niños descalzos que estaban mendigando. Zach sacó un montón de cambio y se lo dio a uno. Entre las monedas había un billete, lo que provocó que los jóvenes comiencen a pelear con gritos e insultos, todo por un billete.

"Oigan, oigan", dijo Zach. "Divídanlo, pero no peleen."

"¡Mierda, Zach!", dijo Jim riéndose. "Les diste cinco dólares. Eso es mucho dinero"

En ese momento la disputa se había resuelto y los jóvenes se fueron corriendo y jugando en la calle.

"No la pasan tan mal", pensó Zach, al ver como los jóvenes mendigos se divertían estando en las calles.

A la mañana siguiente, después de varias indicaciones erróneas que nos habían dado, finalmente pudimos encontrar el ómnibus y abordarlo. Tan pronto como el autobús salió de la ciudad se terminaron los caminos pavimentados. El autobús continuó por un camino de tierra en dirección a las montañas y al sur. Jim había aconsejado sabiamente a todo el mundo que se sentase en la parte delantera para tener más espacio para las piernas. Un hombre ebrio tropezó en el pasillo y su almuerzo voló por la ventana. El micro era viejo y pequeño, como solían ser la mayoría de los medios de transporte públicos en América del Sur.

Jeremy sacó un kazoo (pequeño instrumento de viento parecido a una corneta) y un arpa de boca. Con Zach cantando y tocando la guitarra, los dos tocaron una interpretación de Rocky Mapache. Los campesinos apenas podían oír las horribles notas, pero cuando Zach miró hacia atrás, sólo vio sonrisas en los rostros marrones.

Cuenca era un pequeño pueblo a orillas de un río que fluye rápidamente. El micro llegó por la noche. Jeremiah observó con desconfianza cómo sus mochilas eran arrojadas desde el techo. Las calles eran de adoquines y se extendían sobre las colinas que corrían hasta la orilla del río. Los tres encontraron un hotel en una plaza cerca del mercado. La habitación estaba en el segundo piso, el primer piso tenía un pasillo estrecho. En el lado derecho había un pequeño restaurante. La habitación contenía tres catres y se abría a un pequeño balcón con vistas a la plaza.

Mientras los tres se estaban preparando para dejar la habitación por la mañana, escucharon un accidente afuera. Se asomaron al balcón y miraron hacia abajo. Había gente que se acercaba de todos los rincones de la plaza. Un camión militar había impactado contra un autobús.

"Parece lo más grande que ha pasado en esta ciudad desde la llegada de los conquistadores", dijo Zach mientras se reía.

En el balcón también había una joven estadounidense.

"Al diablo con el accidente", pensó Zach. "Muy emocionante", dijo sonriendo a la chica.

La chica sonrió y preguntó de dónde venían.

Jeremiah les sugirió que vayan al mercado a comprar fruta para el desayuno.

"Voy a buscar a mis amigas y nos vemos abajo", dijo la chica.

Sus amigas eran dos chicas.

"¿Qué están haciendo aquí abajo", preguntó Zach?

"Somos del Antioch College y estamos viajando por

crédito. Por cierto, me llamo Toni y ellas son Trish y Pam.

"Hola señoritas", Zach se quitó la gorra, un sombrero de conductor de autos deportivos.

"¿Estás recibiendo crédito por esto?" Jim preguntó incrédulo.

"Sí, se supone que estamos aprendiendo español."

"Es una estafa", le dijo Trish a la chica del balcón. "Les pagamos $3000 por matrícula y nos dan $800 para viajar. Tú haz las cuentas. ¿Ustedes van a la escuela?"

Jim y yo lo hacemos - dijo Jeremiah. "Zach trabaja para Raz."

"¿La banda?"

"Solía hacerlo", murmuró Zach"

"Los vi una vez en Chicago. Buen espectáculo. ¿Y qué estás haciendo aquí?"

"Vacaciones. La banda se está tomando un descanso, escribiendo algunas canciones nuevas. De hecho, voy a terminar la universidad después de esto"."

"¿Por qué diablos vas a hacerlo?" Preguntó Toni. "Tienes un gran trabajo. ¿Para qué quieres ir a la universidad?"

"No es el título, sólo la educación, tú sabes. Hay un montón de cosas que quiero aprender."

Zach miró a Jim para ver si estaba disfrutando lo que escuchaba, sabiendo que lo que Jim tenía de estudioso, Zach lo tenía de inadaptado. Cuando iban juntos a la escuela secundaria compartían las mismas pequeñas clases en la American International School de Viena, Zach a menudo llegaba tarde debido a un reloj interno que lo mantenía despierto hasta tarde en las noches.

Siempre estaba aprendiendo, pero no lo hacía en ninguna escuela. En la escuela secundaria parecía que a veces estaba interesado en cualquier otra cosa, menos en la información que los maestros estaban tratando de impartir tan ardientemente. Había sido bueno en historia, pero provocaba, típico de él, una ira interminable en el maestro por sus bromas constantes. No sólo le dio, sino que el papel golpeó uno de sus pequeños pechos. Zach luego disparó otro que llegó a las orejas de Jenkins. Ella se dio vuelta en shock para recibir otro disparo que golpeó en su lugar designado. Sus gritos se mezclaron con los aplausos espontáneos y las murmuraciones que estallaron tras el impacto. El profesor no estaba nada complacido y confirió al malhechor a un grado inferior de lo que merecía por razones académicas al final del semestre. No es que Zach fuera perezoso o indolente. Simplemente centró la mayor parte de su gran cantidad de energía innata hacia sus dos amores: la música y las mujeres.

Zach había causado impresión en la pequeña escuela cuando formó una banda y tocó en el primer baile del año en la cafetería de la secundaria. Luego comenzó a tocar en clubes nocturnos en Viena y perdió parte de su último año mientras recorría Europa con una banda. Era lo suficientemente bueno como para ser una estrella, pero lo más cerca que había llegado fue trabajando para Raz, una banda que había conocido mientras estaba en una gira europea.

A nadie parecía importarle que la música fuera buena. Desde los bastidores uno no podía ver y apenas podía escuchar a la banda. Zach amaba lo que hacía, como el estar en un club con chicas del mejor aspecto. Se unió al staff de la banda para instalar y mover equipos. Ser roadie (asistente) estaba bien, mejor que la universidad. Mientras la banda tocaba, los roadies se cruzaban con las chicas que iban detrás del escenario con esperanzas de acercarse a Raz.

El recuerdo de los cuerpos jóvenes y flexibles excitaba a Zach, como lo hizo en infinitas posibilidades cuando dormía con chicas cuyos nombres no podía recordar. El sexo y las chicas eran un tema común entre los tres chicos.

Mientras subían las escaleras al lado del río en Cuenca, Zach dijo: "Ahora Trish. ¿La oíste hablar de su liberada vida sexual en la universidad? Todo el mundo durmiendo con los ex amantes de todos. Positivamente incestuoso y confuso como el infierno. Dame amor verdadero o libre, pero ahórrate por favor de hacerme pasar por toda esa confusión en el medio. ¿Y tú? ¿Te arrepentiste de dejar a Carol en Quito? Parecían muy felices juntos."

"Así fue", dijo Jim. "Voy a verla de nuevo en septiembre en Nuevo México. No lo sé, es difícil para mí quedarme con una sola mujer. Me apego a ellas y ellas a mí, pero yo siempre termino dejándolas. Es como si hubiera un obstáculo que me impide comprometerme. Aun cuando Carol lo haya intentado, era una suerte que me comprometa del todo con alguien"

"Es por eso por lo que lo llaman tener suerte."

Jim se rio. "¿Piensas que alguna vez vas a hacer algo en serio?"

"No, en serio. No sé si me vas a creer, pero a veces esto es como los deportes. Como si te metiesen en un partido de básquet con un montón de extraños a pasar un buen rato. Te sientes bien, como todos, sonríen, ríen y luego te despides. Esto es igual, me involucro por un momento y luego gracias, señora."

"¿Alguna vez te enamoras?" Jim preguntó en voz baja.

"Todo el tiempo. Pero va y viene. Estoy mejorando en evitar esos grandes altibajos", dijo Zach.

"¿Qué quieres decir?"

"Hay un principio general, cuanto más alto llegues, así también caerás bien abajo. Así que a veces voy un poco hacia abajo con la intención de subir de a poco cada vez que puedo. Finalmente, cuando llego a lo alto y se siente algo demasiado bueno, sé que estoy a un paso de una gran caída”

10

Los norteamericanos estaban en la frontera peruana discutiendo con un guardia diciéndole que no querían comprar un boleto de ómnibus para salir de Perú. "Queremos tomar el barco que nos lleva a través del lago Titicaca," Jim repitió por quinta vez. Por horas discutieron en un caluroso cuarto donde los oficiales estaban sentados en sus escritorios. Una mujer entró con cazuelas llenas de comida para los guardias. Contra la pared se encontraban sentados una monja, algunos familiares de nacionalidad indeterminada esperando algo que desconocía. Zach estaba sentado con su bolso y rasgaba las cuerdas de su guitarra. Al calor del mediodía, eligió entonar un blues viajero. Comenzó a cantar y consecuentemente comenzó a hilvanar un verso épico tras otro.

Para cuando el tema terminó por resolverse, todos tenían un boleto de autobús que les vendieron a un precio más inflado de lo que correspondía para salir de Perú hacia Bolivia y ya era demasiado tarde para tomar el bus de regreso a Lima. Zach estaba intentando convencer a Trish de que deje su grupo temporalmente para ir a hacer dedo a Lima.

En ese entonces era claro que Zach estaba enfocándose principalmente en Trish Taylor. Jim miró a la chica y entendió el interés de Zach. Era atractiva y fuerte. Sus largos cabellos rubios y sus grandes pechos colgaban libremente debajo de una colorida playera guatemalteca. El look que llevaba era típico, incluso mundano en los Estados Unidos, pero en el norte de Perú, ver a una mujer así era positivamente devastador. Con ella a su lado, Jim sabía que no tendrían problema en conseguir un aventón.

Jim no contaba con el encanto de Zach para conversar. Tenía tanto miedo de ser rechazado que muy rara vez se mostraba sociable.

Zach siempre encontraba divertido el hecho de que las mujeres y los hombres ansiaban la compañía del otro, pero "tenían mucho miedo de arriesgarse", como había escrito en una de sus canciones. "Cuando los ojos que buscan se posan en ti, responde atravesando el miedo."

Jim había visto a Zach causar dolor rompiendo barreras emocionales solo para darse cuenta de que la única razón por la cual la mujer tenía una barrera era para no convertirlo en un amante eterno soñado, para mantener las cosas en la realidad. Jim vio cómo Zach encantaba a Trish con su humor y sus ocurrencias. Estaban sentados en el banco de un parque en la ciudad desierta de Tumbes. Chicas ataviadas con sus uniformes de la escuela pasaron, miraron y se rieron tímidamente al ver a Jim y Jeremiah. A Trish le pareció dar gracia, aun así, no encantada con la situación. En una oportunidad ella levantó su vista y miró a Jim a los ojos y sonrió dulcemente. Jim sintió una energía crecer en su interior y se sonrojó.

"Vamos Oro, demos un paseo," dijo él queriendo salir de allí. Nadie había dicho nada. Las mujeres a menudo le sonreían. Pero aquí había algo diferente. Algo que él no entendía. Parecía como si se hubiera encontrado en los brazos de una vieja amiga, pero nunca se habían visto antes. Aun así, era como si él hubiera visto esa sonrisa miles de veces antes. Esta sensación era extraña y lo perturbaba.

Jim y Jeremiah dejaron a los otros y caminaron por una calle llena de dibujos y frases revolucionarias en sus paredes. Jeremiah quien había estado intentando entablar conversación con las chicas locales usando su limitado español, sonrió y le dijo "hola" a una mujer que pasaba por allí. La mujer siguió caminando hacia ellos y Jeremiah le preguntó, "¿Dónde está la catedral?" lo cual sabía perfectamente ya que estaba frente a ellos. Se veía como cualquier otra catedral en Latinoamérica: un testamento ostentoso, dorado, típico del poder y gloria de la iglesia católica.

"Está justo allí," dijo la mujer. "¿Eres norteamericano?" Preguntó en inglés. Era una mujer de mediana edad y atractiva, con una amplia cara sonriente, parecía entretenida por Jeremiah que tan obviamente estaba intentando conquistarla. Accedió a ir con ellos a un pequeño café a tomar algo. Se sentaron bajo unas palmeras en el patio y ordenaron unas cervezas.

Daniela rápidamente les contó de su vida. "Vivo en una granja con mi esposo. Si alguien me ve con ustedes, estaré en problemas." Se rio, levantando su mano hacia la calle desde la cual cualquiera podía verlos sin problema. Continuó describiendo el rol de la mujer en la sociedad peruana, para ellos si la mujer no era una puta, era una madre. Ella misma dijo que se graduó de la universidad y tenía a uno de sus profesores como amante. "Todas las otras mujeres en la universidad parecían estar allí para conseguir un marido con título universitario. Los hombres también quieren esto. Tengo dos hijas que ya son el blanco de serenatas bajo sus ventanas."

"Sí", dijo Jeremiah. "Vimos una de esas. Zach y yo estábamos caminando por ahí buscando un poco de entretenimiento."

Jim ya había escuchado la versión sin editar de la historia. Él y Zach habían estado buscando un prostíbulo.

Jeremiah siguió, "Cuando vimos estos tipos y escuchamos su hermosa música. Entonces nos preguntaron si queríamos tocar con ellos y nuestro amigo Zach, que es un buen músico, sacó una de sus guitarras y comenzó a tocar algo de Bach mientras recibía miradas de aprobación del grupo. La pieza de Bach cambia de algún modo a una progresión de rock and roll para el horror de los rondallas. Ahí fue cuando le quitaron la guitarra de las manos. Les había gustado antes que comience a tocar esa rola."

La dama rio. Dos bonitas adolescentes se acercaron a la mesa. Estaban muy bien vestidas con unos pantalones tiro alto que les daba a sus espaldas una marcada silueta.

La mujer las presentó como sus hijas y, quizá para cubrir el hecho de estar sentada con dos hombres jóvenes, sugirió que las dos chicas le mostrasen un poco de la ciudad. Justo cuando Zach, Trish y las otras chicas de Antioch aparecieron. De algún modo Jim se quedó con la madre y las chicas norteamericanas mientras Zach y Jeremiah salieron a caminar con las hijas.

"Deben disculparme," dijo la madre. "Debo seguirlas a una distancia prudente. Todavía somos una sociedad conservadora."

Jim y las chicas se fueron con la madre como chaperones de Zach, Jeremiah y sus hijas.

Jim estaba muy al tanto de que Trish caminaba a su lado, pero no dijo nada. Le sonrió nuevamente. "Has vivido por todo el mundo. Eso es fantástico." Jim asintió, pero no dijo nada.

"¿Dónde te gustó más?" la chica continuaba hablando y preguntando cosas. Jim podía sentir que ella lo deseaba. Él estaba algo nervioso al principio, pero mientras las horas pasaban en la velada, notó que no estaba equivocado y su confianza creció.

La mañana siguiente él y Trish se sentaron uno al lado del otro en el bus y si Zach estaba preocupado por haber sido rechazado, no lo demostró. Había desviado su atención a las otras dos chicas.

El viaje a Lima era incómodo, pero Jim apenas parecía notar las veinticuatro horas que pasaron por los páramos estériles de las costas de Perú mientras compartían detalles de sus vidas. Ella tenía una risa atractiva que lo motivaba a contar más historias graciosas, muchas de las cuales involucraban a Zach y sus payasadas. Jim era propenso a dormir en los micros. Le dio el asiento de la ventana y le sugirió usar su abrigo como una almohada. Pero terminó durmiendo contra su hombro y él se quedó despierto la mayor parte de la noche con la agradable sensación de su cabeza descansando en su hombro.

Llegaron a Lima temprano por la mañana y utilizaron el teléfono en la estación para intentar encontrar a un amigo suyo de la secundaria. El padre de Manny había sido un embajador de Austria en Perú. Su familia era una de las más antiguas y distinguidas del país. Él vivía en Miraflores la parte de la ciudad habitada por la pudiente elite. Manny tocaba la batería y ya había tocado junto a Zach. No pudieron encontrarlo en la guía telefónica, pero llamaron a una oficina bajo el nombre de su familia y le dejaron un mensaje.

La próxima parada era siempre idéntica cada vez que llegaban a una gran ciudad, la oficina postal American Express para recoger la correspondencia que sus familias les habían enviado.

Aquí, Jim encontró un mensaje de que llamase a casa inmediatamente.

De pronto, sus días de viaje despreocupados y de cortejo con Trish se terminaron. Las noticias eran malas. Su padre tenía cáncer y no se esperaba que viva mucho más tiempo.

El clima era sombrío en el grupo mientras Jim se encargaba de los arreglos para alcanzar el siguiente vuelo a

Miami y luego a D.C. Si tenía alguna duda del interés de Trish por él, se disiparon cuando ella lo acompañó al aeropuerto, donde sostuvo sus manos ante la puerta de abordaje con lágrimas en sus ojos, le dijo que le escribiría y que deseaba volver a verlo pronto.

Mientras el jet hacía su ascenso al cielo hacia el norte, Jim sintió que todo había cambiado, que había dado vuelta a una esquina y ahora su vida de adulto se encontraba frente a él. Sus pensamientos fueron interrumpidos por un indígena que estaba causando problemas en el avión.

Antes de pensar en las consecuencias, Jim estaba parado y hablando con el campesino. Quizá era un alivio tener un contacto más con todo lo que había dejado así que, tras calmar al muchacho, se sentó con él.

Hicieron el trasbordo de aviones juntos en Miami y para cuando Jim y Birú llegaron a Washington, D.C., ya eran buenos amigos y Jim habría comenzado la primera de esas largas conversaciones sobre qué podía hacerse para corregir la larga historia de injusticias hacia las poblaciones originarias de Perú y Latinoamérica.

11

Cuarenta años después, Birú todavía recordaba estar sentado en ese avión con Jim. Quizás porque todos sus sentidos se habían abierto ampliamente. Sus manos se habían puesto como garras por los estímulos, en parte por la coca que había aceptado estúpidamente del ladrón en el aeropuerto de Bogotá y también por todo el asombro de lo que le estaba ocurriendo. Para cuando cambiaron de avión en Miami, ya estaban en Estados Unidos rumbo a Washington D.C. La mente de Birú estaba lista para escuchar a su nuevo amigo hablar abiertamente de lo que sólo había susurrado en casa.

Jim había usado el término con el que se llamaban a sí mismos: "Los quechuas deben unirse y participar plenamente en la vida política y económica o no habrá país. Los días de subyugación y dominación de los indígenas por parte de sus amos coloniales deben terminar".

"Pero ¿Cómo?", pensó Birú, sin embargo no dijo nada y siguió escuchando.

Una vez en Washington y junto a otros que también habían sido llevados de los campos para aprender las formas del mundo moderno, Birú escuchó hablar sobre los derechos de los pueblos indígenas. No de los otros estudiantes del programa, que impartía el Cuerpos Persona a Persona, sino de sus profesores y otros americanos como Jim, que hablaban sobre democracia y derechos humanos.

Después de entrenar durante seis meses en la Universidad George Washington, Birú fue enviado a trabajar en la Organización de los Estados Amcricanos en el hermoso edificio de mármol de la Unión Panamericana al lado de la Casa Blanca. Una vez allí, estaba tan asombrado que apenas podía hablar, fue llevado a una lujosa oficina que inspiraba poder e importancia, para reunirse con el señor José Miguel Cabrera, subdirector de la O.E.A.

No había nada en la forma en que el hidalgo le hablaba sobre los Vaati. El hacendado del lugar sólo pensaba en sus campesinos como otros de sus animales. El señor Cabrera le hablaba con un hermoso y exótico español que sonaba a las clases altas de Argentina, casi como si fuese otro idioma. "Estás aquí para aprender, pero también para enseñar, queremos que estés cuando hablemos de los problemas relacionados a la población rural pobre, los indios. Mantennos al tanto de la realidad y no en nuestras fantasías esotéricas de lo que es mejor para tu gente y lo que necesitan".

"Esotérico, esotérico" se repetía Birú, para poder buscar la palabra lo antes posible y agregarla rápidamente a su vocabulario, el cual crecía rápidamente. Fue asignado para trabajar en la Conferencia Interamericana de Ministros del Trabajo, donde no solo aprendió los conceptos, sino que también las prácticas para organizar a los trabajadores a exigir mayores derechos.

Para cuando regresó al valle Viru, él había cambiado tanto que al principio tuvo problemas para hacerle creer a Marisa, su novia, que aun quería que ella fuese su esposa. Ya no trabajaba en el campo, sino que fue a trabajar a la unión, como organizador sindical. Ahí fue donde aprendió las políticas de tomar algo de unos y dárselo a otros, ningún hombre que crea que el trabajo de sus trabajadores le pertenece y que crea que puede hacer lo que quiere, recibe bien a un organizador sindical. A veces el movimiento sindicalista era fuerte, sobre todo cuando contaba con el respaldo de Estados Unidos y los sindicatos europeos o cuando, en otras ocasiones, la vieja aristocracia se daba cuenta de que no había nada más que hacer que callarse la boca antes que arriesgar todo. Al final eran las élites las que controlaban a los militares y no había mucho que se pudiese hacer. Tal vez la habilidad más útil que aprendió Birú en Estados Unidos fue la de no dejarse intimidar por aquellos que vivían en un mundo con derechos, aquellos que desde su nacimiento se les había dicho que tenían derechos y expectativas de servicios por parte de los de la clase más baja. Birú había aprendido que los de la clase baja eran buenos hombres, mujeres que amaban a sus hijos, que sufrían y habían sufrido las mismas fuerzas de la naturaleza y la vida que él. Él los entendía y tal como ellos, podía hablarles en su idioma, para hacerles entender que si sus trabajadores ganaban más también gastarían más, haciendo así que la economía crezca para todos. Por supuesto, había algunos que nunca escuchaban y acusaban a Birú y al movimiento obrero de ser comunistas, con la intención de apoderarse de sus propiedades y llevar el país a la ruina.

Birú no había querido entrar en la política, pero sabía que representar las voces de su pueblo significaba estar ahí cuando se tomaran decisiones importantes. Al terminar su carrera, había sido elegido gobernador de la provincia. Entonces, pensó "Jim debería venir a ver todo lo que ayudó a construir" y le ordenó a su secretaria mandar a Jim una de las invitaciones adornadas con letras escritas a mano para su inauguración.

12

Jim estaba acostado en la hamaca en el patio trasero de su casa, la casa había sido construida en los suburbios alrededor de Washington en el boom después de la segunda guerra mundial, un boom que jamás terminó. Y aunque había estado viviendo allí durante 15 años, después de su divorcio con Trish, siempre sintió que había estado viviendo en la casa de alguien más, como si los que la construyeron y criaron a sus familias ahí tuviesen algún derecho permanente por sobre la casa. Quizás si hubiese tenido dinero para remodelarla o hacer un poco más que el mantenimiento necesario, la pintura vieja, los electrodomésticos y las alfombras no se verían tan usados como si pertenecieran a otra persona.

Había una gran división en su generación, entre los que habían ganado dinero, mucho dinero y aquellos que no. Las personas como Zach que habían construido sus propias casas, las habían vendido y se habían mudado a casas más grandes aún y la gente como él, que eran los remanentes de la clase media vivían así, sueldo a sueldo. Aunque era pediatra, tenía que trabajar horas extra para pagar la pensión alimenticia y la escuela privada de sus dos hijos. Habían quedado atrás los días en los que su padre tomaba los trabajos que quería y viajaba con su familia por todo el mundo, siempre con suficiente dinero para todo lo que necesitaban.

La luz del sol que se filtraba a través de las hojas verdes del viejo nogal se reflejaba en el rígido papel de la elaborada invitación escrita en español, invitándolo a la asunción de Birú.

En la invitación había una nota escrita a mano: "Por favor habla con Zach, dile que sería un honor para mí que viniera".

Jim sonrió, Birú había cambiado en muchos aspectos, ahora sabía cómo manipular a la gente, seguramente le había enviado a Zach su propia invitación, sin embargo, sabía que a Jim le costaría traer al gran Zach Taylor a su evento. Estaba bien para Jim, si Zach quería ir lo haría. Ni Jim ni nadie podía convencer a Zach de hacer algo que no quisiera.

En los casi 40 años de conocer a Birú, parecía que había pasado por la estúpida ilusión de que la vida duraría para siempre y que habría tiempo para hacer todo lo que él siempre quiso hacer. Cuando miraba atrás, los sueños que habían tenido en Sudamérica solo parecían fantasías incapaces de soportar la vida real. Bueno, Birú y Zach consiguieron convertirse en lo que pocos habían imaginado.

El padre de Jim había muerto poco tiempo después de su regreso apresurado a Sudamérica, después de trabajar en una cooperativa de alimentos en la parte más dura de D.C., conduciendo un taxi y repartiendo el correo, se había metido en el negocio familiar de la medicina. Trish se había ido junto con él cuándo fue a Iowa para entrar a la escuela de medicina, se casaron poco después de que empezó su residencia en Georgetown.

Zach no había hecho su fortuna de la música sino en Wall Street, ir con él significaría un viaje de lujo durante todo el camino. Él podía ir en uno de sus jets privados. El problema era ponerse en contacto con él, solía tener un móvil privado para que sus amigos íntimos lo pudieran localizar, pero había demasiadas examantes en esa lista, así que ahora había que pasar por su secretaria personal.

Jim marcó el número y le dejó un mensaje. Pasaron un par de días antes de que Zach le devolviera la llamada, pero Jim estaba ocupado con sus pacientes, tenía el tiempo fijo y constante para cada niño así que le dejó otro mensaje y le preguntó si podía llamar por la tarde o el domingo. Sabía que eso no era probable, así que pensó que tendría que esperar al raro momento en el cual ambos estuvieran libres y que la necesidad de llamar le naciera a él.

* * *

"¿Por qué crees que Birú me invitó?" Zach le preguntó entre el ruido y la vibración de su jet Gulfstream, mientras volaban a Perú. Jim y él estaban sentados en una mesa con dos cómodos asientos. En la parte de atrás estaba el personal de Zach, profesionales que se veían satisfechos y cuya postura erguida se contrastaba con la de su descuidado jefe.

Jim dejó su cerveza junto a los restos de su almuerzo, una deliciosa ensalada de langosta. Una atractiva empleada de la empresa salió de la galería delantera para limpiar los platos.

"¿Qué? ¿Además de todo esto?" Jim agitó su mano apuntando hacia el bastón. "Después de todo es el recién electo gobernador de Tumbes, estoy seguro de que espera que lo asesores en sus inversiones."

La sonrisa de Zach le recordó a Jim su versión más joven.

"Tenía la esperanza de que él quisiera que yo esté ahí, por lo que le había aconsejado cuando llegó por primera vez a D.C."

Jim se rio. "Zach Taylor, no vayas a arruinar su investidura con historias de Corrupción."

"Intento de corrupción, él llegará lejos pero lo intenté."

"Probablemente esa es la razón principal por la que te invitó, ¿Por qué viniste?"

"Bueno yo… tenemos negocios allá."

"¿En Tumbes?" Le preguntó Jim.

Zach sacudió la cabeza y frunció el ceño, "De todos

los lugares que regresamos de América Latina. Al menos esta vez deberíamos ser capaces de irnos cuando nosotros queramos"

Jim se rio profundamente, "Me acordé de ti saltando sobre el mostrador, asustando al empleado."

"Bueno, ya nos tiene arriba del siguiente autobús, puede que aún estemos ahí", el sombrío y malhumorado Zach regresó, "Ojalá pudiésemos irnos, tomar nuestras mochilas, subir a un bus e irnos".

Jim se ajustaba a su tono sombrío, "Sí, esos días se han ido".

Uno de sus ayudantes contestó un teléfono que sonaba.

"Es Londres" se escuchó a medias por el sonido del avión,

Zach sacudió la cabeza y respondió: "Después."

El ayudante dio el mensaje a quien quiera que estuviese en la otra parte del teléfono y esperó la siguiente instrucción.

"Nunca termina, no puedo ir al baño sin que alguien lo sepa. ¿Sabes qué era?" Zach se inclinó hacia adelante y con esa vieja luz de sus ojos, dijo "libertad, pura libertad."

Jeffrey Marcus Oshins es un músico multi-instrumentista que graba y toca bajo el nombre de Apokaful. Es autor de numerosas novelas y un diario de viaje. Vive en Santa Bárbara, California.

www.ingramcontent.com/pod-product-compliance
Lightning Source LLC
Chambersburg PA
CBHW020300030826
48979CB00026B/1638/J

* 9 7 9 8 9 8 7 7 8 8 7 1 4 *